U0486900

INVISIBLE

隐形人

[西] 埃洛伊·莫尔诺 著　　刘皓 译

中国友谊出版公司

图书在版编目（CIP）数据

隐形人 / (西) 埃洛伊·莫尔诺著 ；刘皓译. — 北京 ：中国友谊出版公司，2022.4（2022.8重印）
ISBN 978-7-5057-5282-5

Ⅰ. ①隐… Ⅱ. ①埃… ②刘… Ⅲ. ①长篇小说－西班牙－现代 Ⅳ. ①I551.45

中国版本图书馆CIP数据核字(2021)第204527号

著作权合同登记号 图字：01-2021-6725

书名 隐形人
作者 [西]埃洛伊·莫尔诺
译者 刘皓
出版 中国友谊出版公司
发行 中国友谊出版公司
经销 新华书店
印刷 唐山富达印务有限公司
规格 880×1230毫米 32开
10.25印张 190千字
版次 2022年6月第1版
印次 2022年8月第2次印刷
书号 ISBN 978-7-5057-5282-5
定价 45.00元
地址 北京市朝阳区西坝河南里17号楼
邮编 100028
电话 （010）64678009

任何人都可以是英雄，哪怕只是做一个简单的举动，为无助的小男孩披上外套，让他知道人生还可以继续下去。

- 蝙蝠侠 -

《黑暗骑士》

不需要有X光透视眼，
也能看到世间的不公。

- 超人 -

她在街对面的拐角处驻足了五分钟，目光凝视着那扇大门却不知该如何是好：是现在鼓起勇气走进去，还是明天带着同样的困惑再次前来。

她深深吸了一口气，目不斜视地穿过马路，带有些许害怕地推开了门。

工作人员安排她坐在大厅的沙发上稍等片刻，说随后会有人来接待她。

于是她开始浏览墙上的画作。这是一些几乎不会在博物馆里展出的作品，但也正因如此反而会被更多人欣赏到。

然而她的情况又略有不同，她所选择的图案除了自己以外，其他人都不会看到。至少她现在是这么想的。

几分钟后，她被领进另外一个更加狭小、更加昏暗，也更加私密的房间。

她一进门就看到了。

那个图案铺展开来摊在桌子上，很大，大得足够覆盖住整个背部：是一条巨龙。

技师又开始向她讲解文身的整个流程，所要花费的时间，将要用到的技术，特别是提醒她，与一般人相比，在她背上文身的痛感会更加强烈。

思索片刻后，她决定继续，便开始逐一脱掉上衣、裤子、胸罩，几近赤裸地趴在操作台上。她那惨不忍睹的背部完全暴露了出来：因为烧伤而满目疮痍的背。那些疤痕紧贴着她的皮肤并随之生长。那是在她还是小女孩时发生的一场事故中所留下的，她差点儿因此丧了命。

"我们开始吧"，她听到有人说。

她颤抖起来，紧紧地闭上眼睛，仿佛回到了过去，回到了最初事情发生的时候。

虽然已经过去了很久，但是每当她回想起那段记忆时，仍会感到挥之不去的疼痛与恐惧。随着时间的流逝，她意识到有些记忆的伤疤是不会痊愈的，它隐隐作痛，就像是昨天刚发生的一样。

就这样，一点点地，在她那浮雕般的散发着过去气息的皮肤上，一条龙即将呼之欲出。

在这几个小时中，她的思绪，像是一只既怕着地又怕继续飞翔的鸟儿一样，从现在飘回到了过去。她起身看了看镜中的自己。

那条龙，那条属于她自己的龙开始逐渐显现出来。整条龙从尾椎骨处一直向上延伸，直至颈部。

她舒了口气，笑了笑，觉得自己没有做错决定。

然而，那时候她并不知道有一天这条龙会苏醒，而且有时候还会不受控制，掌控一切。

她也不知道，并不是她下定决心在背上文了龙，而是龙选中了她的躯壳并寄居其上。

隐形人

同样的事情再次发生了。

我颤抖着醒来，心脏咚咚地敲击着肋骨，仿佛就要从身体里挣脱出来，并且感到有一头大象坐在我的胸口，压得我喘不过气。

有时候我会觉得呼吸困难，要是不张大嘴巴大口呼吸的话，下一口可能就吸不上气了。

好消息是现在我已经知道应当如何应对了。他们在我到这儿的第一天就向我解释了，好吧，实际上是第三天，因为前两天发生的事儿我什么也不记得了。

我得从一数到十，配合着缓慢的呼吸，慢慢尝试着使身体平静下来，心脏归于原位，好让那头大象离开。

一、二、三……吸气，呼气。

四、五、六……吸气，呼气。

七、八、九、十，吸气，呼气……

然后重新计数。

最重要的是，当症状来袭时千万不要惊慌失措，要时刻提醒自己很安全，不要紧张……避免像第一天晚上那样，吓到高声尖叫起来。

这就是我现在所做的：试图平静下来，不要害怕，慢慢睁开眼睛。微弱的光线有助于帮我分辨周围的一切。

一、二、三……吸气，呼气。

四、五……吸气，呼气。

六、七……

这个方法看上去奏效了，我的身体停止了颤抖，心脏跳得慢了下来，坐在胸口的那头大象也已经站了起来。

我静静地待在那里，一动不动。

我平静下来，开始分辨周围发出的声音：有远处传来的缓慢脚步声，像是被拖着行走所发出的一样；有说话声，窃窃私语声，还有些奇奇怪怪的声音，像有人在轻声哭泣，又像在捂着嘴巴抱怨；时而会有片刻的寂静，时而又会有尖叫声……

啊，在所有这些声音中，有一个是我自己的。我之所以这么说，是因为这个声音就在我的脑海里不断地发出哔哔哔的声响，那么响亮，像是一根锋利的针刺穿我的耳朵。这个声音断断续续，时有时无，但最使我困扰的就是每当夜晚来临，当一切都安静下来的时候。

一、二、三……吸气……

我停止了数数，觉得已经好多了。

因此当我平静下来知道自己在哪儿后，便开始活动活动身体，就在这时我感到了一阵疼痛。

我动了动手指，慢慢地张开并握紧，先是左手，再是右手，然后双手一起。我动了动脖子，有点儿疼，但是我没有放弃，继续尝试着，慢慢地把头向两侧转动。

然后继续。

开始活动腿部，先是左腿，再是右腿……

当我试图弯曲右腿时，突然发觉有一只手正紧紧抓着我的大腿。

我再次惊慌起来。

开始颤抖。

大象又出现了。

一、二、三……吸气，呼气，

四、五、六……吸气，呼气，

七、八、九……

我再次将腿伸直，但是这只大手并没有松开。

我试图回忆发生了什么，为什么这只手会在这儿，为什么我能听到响亮的哔哔声，为什么我躺在这张床上，为什么有时我会有种像是在水下快要窒息而死的感觉……

我用目光搜寻着对面墙上的钟表，表盘上的数字在夜晚清晰可见，2 点 14 分，和最近几晚差不多。看来现在就算吃药我也无法连续睡上三到四个小时。

但是好吧，情况也在一点一点地好转：现在醒来时我已经不会再尖叫了，活动四肢的时候也不会因为疼痛而哭泣了，每次我也能更快地回想起自己身在何处。啊，最重要的是，人们终于能看到我了。

我发现自从发生那场事故起，自己就失去了隐身的能力。或许是因为撞击从身体内部改变了我的构造，又或许超能力像来的时候一样又去无踪影。我已经在这里待了五天了，可还是不行。

我要试着睡上一会儿，哪怕只是一个小时，也能顶点儿用。

我闭上了眼睛。

从一数到十。

缓缓地呼吸着。

那只手还在那儿，抓着我的大腿紧紧不放。

🌢🌢🌢

百手镯之手

当这个前隐形人试图再次入睡时，五公里之外，在一幢六层楼高的小房间里，一只戴满手镯的手被唤醒了。随即，它所附着的身体也被唤醒了。

自事故发生以来，她已经有五天无法安然入睡了，吃的药片也毫不起效。

半夜里随时随地就会焦躁地醒来，在房间里来回踱步，不停地透过窗户望向外面漆黑一片的夜空——就像此时的心境一样。

在过去的五天里，她眼前的生活变得模糊起来，像是戴上了一副沾满泪痕却又无法摘下的眼镜。她已经写了五天的情书，总是以愤怒起笔，以仇恨结尾。这些情书或许永远也无法寄出，最终只会丢弃在垃圾桶里而被人遗忘。

她拿起好久都没有响过的手机，打开相簿，翻到好几个月前，才能找到一些感兴趣的照片。

第一张，她笑着，三个好朋友一起在海边嬉戏玩耍。

第二张，他独自一人出现在镜头里，远远地向她挤着眼。

然后是一张比较近期的照片，是在他上一个生日时所拍摄的。他鼓起腮帮子，使劲地吹着蜡烛，蛋糕差点儿都被吹跑了。

再下来是第四张、第五张、第六张……随着手指在屏幕上滑动照片的速度越来越快，眼泪、愤怒、无力感、疼痛也随之而来……不管怎样，这种疼痛感，永远也不会缺席，最终总是会来的。

她将手机扔在地上徒劳地想以这种方式抹掉过去，然后瘫倒在床。

也就是在那一瞬间，她最终做出了推迟好几天也没有做出的决定。

哔哔哔，可怕的声音又响起来，再一次吵醒了我，就像是有人在我耳朵里塞了一个哨子，在不停地吹着它。

我将双手紧紧地捂在耳朵上，闭上眼睛，用尽全力地张大嘴巴……但是这个声音还是消散不去。

我放缓呼吸，直到慢慢地哨声似乎听不到了。但其实它只是玩起了捉迷藏，伺机当我睡着时再次将我吵醒。

我睁开眼睛。

望向对面墙上钟表的指针：6 点 26 分。

这下肯定睡不着了。

我清晰地记得事故发生前几周所有的事情，但自那之后就什么也记不起来了。有时候我会陷入臆想，会感到自己在水中窒息而死，或是在空中飞翔，会感到有人把火把塞进我的嘴巴，又或者能感受到一种充斥一切的声音。

然后我在这里醒来，在这张床上，在这个房间里。他们告诉我我已经昏睡两天两夜了。

事故之前的事情……我全都记得。我意识到在这几个月里生活发生了怎样的变化，就像坐上了一辆永远也不会停止的过山车。但是这趟旅行在五天前就已经结束了。

其间陆陆续续有人来探望我。这其中有旧友，也有些素未谋面的朋友；有家人，也有些我没什么印象的亲戚。

特别是来了很多到目前为止看不见我，但得知我出名后，想要亲自证实我又能被人看见的人。

啊，当然，也来了很多记者，甚至电视节目主持人，但是他们被禁止和我交谈。我知道这事儿上了新闻、报纸、广播、电视节目，但是他们不让我看到或听到任何关于自己的报道。

奇怪的是，在超能力消失的当下反而是我最感到迷茫的时候。

6 点 46 分。

光线已经透过窗户照射进来，这意味着新的一天很快就要开启。而我还得在这里，日复一日，循环往复。那只大手也将会在这儿，继续抓着我的腿、我的胳膊或者我的手，但是它肯定在这儿，这一点我毫无疑问。

眉上有疤的男孩

6 点 46 分，在市中心一间公寓内，另一个男孩躺在床上，因为良心不安而辗转反侧难以入眠，就像他也难以保持清醒一样。

他起身，默默地走向洗手间，看着镜中的自己。右侧眉毛上方有一个小小的疤痕。他用手指摸了摸，回想着这个疤痕是怎么来的：多年前，公园里，两辆自行车，一场比赛……

当他回忆起那段老旧时光的瞬间，泪水不禁润湿了双眼，因为几个月以来脸上的这个小小标记是唯一将他俩维系在一起的东西。

他从卫生间走出来后重新躺回到床上。

五天以来他一直忐忑不安，犹豫不决。他不知道应该怎么办，是把真相说出去还是像现在一样继续保持沉默？他不知道自己究竟是个懦夫，还是仅仅是个幸存者。

他确实去医院探望过他，但是俩人几乎没怎么交谈。那是一个略微有些尴尬的场面，就像和一个不知道是否告别过的朋友久别重逢一样，很奇怪。

在做了这么多年好朋友后，突然间，当俩人面对面时却不知所措，不知道目光该看向何处。外表模样分明都没有变化，还是那副熟悉的面庞，但就是有种说不出来的陌生感，找不到言语进行沟通。

“你好。”他一见面就主动打招呼，试图掩盖看到眼前这个没有头发，脸上布满伤痕，胳膊上插满导管的躯体时所感到的震惊。

“你好。”他回答道。

“你怎么样了？”他机械地又问道，就像有人在评论天空很遥远，雪是白色的，冬天很冷一样。

“嗯，好一点了……”

“给，这是给你的。”眉上有疤的男孩递上一个包裹。

“谢谢。”他一边回答一边小心翼翼地把它打开。

双方都沉默下来，几分钟内只能听到拆包裹时包装纸在手中发出的褶皱声。这是一种令人尴尬的寂静，所有人都想尽早打破它却又不知该如何是好。

“我记得你没有这些吧？”眉上有疤的男孩最终开口问道。

“对，我没有，谢谢。”他在看到包裹里的东西时撒谎了。

我再次看向那只大手，那只自我五天前到达这里时就一直没有松开过的手。

我觉得它这么做也是源于内心的害怕，害怕我又会随时消失不见，找不到我。像这样，抓住我的腿，至少能够知道我身在何处。

同样，我也需要这只手。因此，每天晚上当我醒来意识到它的存在时，虽然一开始仍然会感到害怕，但后来就渐渐明白了它对于我的重要性。因为这样我就知道如果自己再次隐身，至少有人知道我在哪儿。

我伸出胳膊，缓缓地把手放在它的上面，触碰着它温热的皮肤，紧紧将其握住，感受到心脏在其指尖的跳动……然后轻声说了些她醒着时我永远也不敢对她说的话："妈妈，我爱你。"

母亲

事实是，在那间病房里，不光有一个某天会随时隐身不见的儿子，还有一位自事故发生以来，不停质问自己什么时候会再也见不到儿子的母亲。

这就是为什么她现在日日夜夜把手放在儿子身上，这只手像锚一样紧紧地将两人捆绑在一起，那种安全感就跟出生前孩子在妈妈肚子里时一样，尽管看不到彼此，但情感上却紧密相连。

这只在很长时间内都没有碰触过儿子，想要弥补因为之前的缺席而造成现在这种该死局面的手。

一位在漫漫长夜里因为所有可能发生的事情而流泪的母亲。因为有时毫厘之差就决定了是生存还是死亡，是现在还是过去，是叫醒在床上熟睡的儿子还是永远面对一张空床唉声叹气。有时就是头脑中一时的小小冲动决定了未来的走向。

一位在事发当天几乎连儿子看也没看就着急出门的母亲。她没有意识到自己的儿子，就在家中，就在她眼前一点点消失不见。

尽管睡着了，但她也无法真正休息，眼睛虽然闭着，心中的伤口依然大敞着，等待着时间的疤痕将其缝合。

这位母亲，在几天前当儿子醒来跟她说自己有超能力能够隐身，并且曾和龙一起飞翔时还感到害怕，现在已经能听到儿子悄悄在寂静中送给她一句我爱你时露出一个会心的微笑。

戴着一百个手镯的女孩

一个胳膊上戴满手镯的女孩从床上起来，捡起地上的手机，用睡衣袖子擦了擦眼泪。

她拖着双脚走向父母的房间想要跟他们说她已经准备好了，尽管事实上她并没有。

她光着脚丫走在冰冷的走廊上，缓缓地推开房门，看着床上相背而睡的两个人，走向靠近门的、她妈妈睡的那一侧床边，仔细观察着她：她的胸部随着呼吸在上下起伏，嘴里因为气流通过微张的双唇而发出细微的声响……

就在这时，闹钟响了，她吓了一跳，突然变得紧张起来，不知道该怎么办：是赶快逃走，还是叫醒妈妈……

“亲爱的，你在这儿做什么？发生什么事儿了吗？”妈妈快速起身问道。

“就今天吧。”她回答。

片刻的沉默。

“决定好了吗？”妈妈把胳膊从被子里伸出来示意她钻到床

上来。

“是的，我已经准备好了。”

“那么，就今天吧。”

妈妈往里侧了侧身，给女儿腾出地方让她躺在身边。她知道女儿还没有准备好，事实上，她们俩都没有准备好。尽管如此，就今天吧。

今天。

突然，她松开了抓着我的腿的那只手。

我看向她，看她试图假装打了一个哈欠，睁开双眼，望着我，笑了笑。

“嗨，亲爱的！”她一边说着，一边在我的额头亲吻了一下，“今天睡得怎么样？”

“好多了，至少睡着了会儿，没有一整晚都醒着。”我撒谎道。

她听到这个善意的谎言高兴地笑了笑，抱住了我。

“那就好，又熬过一天。”她努力站起身来说。

外面传来送早餐的推车声，笑声，哭声，隔壁的谈话声……新的一天很早就开始了。很早，因为在这儿什么都很早。早饭吃得早，午饭吃得早，晚饭吃得早……可能也正因如此夜晚就显得更加漫长了。

妈妈像每天早晨一样，陪我去卫生间，这着实令我感到难为情。当然，她就在门外等着，但是由于我胳膊上插着连接仪器的探头，门不得不半开着。

如果只是小便的话，那还好，但如果当我想大便时……门半开着确实是挺尴尬的。还有当我想放屁时，最近我的屁特别多，大多是因为现在所服用的药物引起的。

“把脸好好洗洗，打扮帅气，今天有访客哦！”她在门外冲我喊道。

是的，我都忘了，今天有访客。

一次令人不舒服的探访，以至于妈妈都不敢跟我说出访客的真实姓名。

一次我不需要，也没提出，更不愿意接受的探访。

一次该死的探访。

眉上有疤的男孩

“我记得你没有这些吧？”眉上有疤的男孩最终开口问道。

“对，我没有，谢谢。”他朋友在看到包裹里的那六七本漫画书时撒谎了。

这就是在几个月前无话不谈的两个好朋友间所有的对话了。

那之后的沉默就由两位父母间的客套话所填补：“嗯，他现在看起来好多了。”“是的，好多了。”“我相信你很快就会康复的。”“你那么坚强”……

在这十来分钟时间里，有尴尬的对话、无边的沉默以及无处安放的双眼。

“嗯，那我们走了……祝你早日康复。”眉上有疤的男孩的妈妈说。她迫不及待地想要离开，生怕某一刻谈到那个她不想触及的话题。

“谢谢您的探望。”前隐形人的妈妈说。

没人问起发生了什么，没人谈起那场事故。一切都是那么自然，男孩就在一夜间从家里躺到了医院的病床上。

没人说起，是因为一方父母觉得即使提起了他们也不会比之前做得更好；而另一方没有提是因为他们什么也没有做。

至于两个孩子，一个没提是因为他尽可能地想要避免看到发生的一切，而另一个心里很明白既然自己想当隐形人，就不能在事情发生时责怪别人没有看到他。

探访

不，我没有忘记，我怎么会忘记那次探访呢？

昨天晚饭后，爸爸妈妈跟我进行了一场令我感到不适的复杂的谈话……他们有点紧张，特别是爸爸，是他先开始这个话题的。

“你知道，”他眼神飘忽，不敢直视我的双眼，“明天会有一位医生来看看你……一位特殊的医生。”

“又一个？”我问。

“是的，又一个。但是这次不是为了治疗你脸上的伤口，头部的撞击或者失去的记忆，这些看上去基本上都已经控制住了。”

“那是因为什么？”我困惑地问道。

“嗯，这是一位专门负责治愈另一种创伤的医生。”

“什么创伤？”

“心理创伤。”

“一位心理医生吗？”我问。

“对，就是一位心理医生。”他向我坦白道。

“但是，爸爸，妈妈……”我不解地看向他们，紧张地说，“可是我没疯啊。”

“没有，亲爱的，你当然没疯。”妈妈一边抓住我的手一边说，“心理医生能帮助那些有困难的人。你可以向他倾诉一切，别害怕，任何事都可以说。”

“真的吗？”

“只要是你想告诉他的事，都行。”

“要是我什么也不想跟他说呢？”

“别这样……这都是为了你好。”

“我有超能力的事儿也能说吗？”

“你想说什么就说什么。”

她最后的这个回答令我不快，想说什么就说什么……就差加上一句：就算你说的他一句也不信，就算他认为你疯了。

这场谈话就这么结束了，我们都没有再提过这个话题。而现在，不到一个小时，那位“特殊的医生”就要来看我了。

我很紧张，可以说是相当紧张。我不知道他想知道什么，不知道他会问我什么，也不知道我该如何回答。

因为有时说出真相不一定是最佳选项。特别是当一个真相是那么令人不可思议时，所说的一切看起来就会像个谎言。

因此我决定撒谎，好吧，也不算撒谎，但是我会有所选择地隐瞒一些事情。我不会告诉他我所有的超能力都是从变成胡蜂的那天开始的。我不会告诉他我可以在水下自由呼吸，不会告诉他我可以跑得飞快让人以为只是有一阵风吹过，不会告诉他我像忍者神龟一样身上有一种能保护自己的甲壳，不会告诉他我可以预测人们的行为，也不会告诉他我的视力在黑暗中可以毫不受限……因为我知道他肯定不会相信我所说的一切，甚至会认为我疯了。

我觉得我能做的最好的事儿就是假装自己是一个正常人。

我也不会告诉他我能感知恶魔的存在，即便他们躲在门后面、桌子下，或是在车里……

当然，我也不会告诉他我最大的超能力，那个将我带到这儿的超能力是什么。我不会告诉他在经过了那么多训练后我可以隐身，不过这个他可能已经通过新闻知道了。

有人在敲门。

肯定是他来了。

我不知道要跟他说些什么。

她

好吧，最后来的不是他，而是她。

这更加让我感到羞愧，因为不仅如此，来的这个女孩儿还很漂亮，而我，穿着医院破旧磨损的病号服，被剃光了头发，脸上还有那么多的伤痕……

她笑着走了进来，自我介绍一番，在和我的父母交谈了几分钟之后，就单独和我待在房间里了。

她朝我走来，坐到了我的旁边，坐在那把妈妈每晚睡觉的扶手椅上。

她先向我解释了一下什么是心理医生以及他们的职责。

我静静地聆听着她的讲解，一句话也没有说，直到她问我有没有什么疑问。就在那时，我也不知道为什么，不假思索地脱口而出：

“我没疯。”

话一出口我就后悔了。因为越是这样说别人越会觉得你疯了。

我俩都陷入了沉默，一种貌似永远也不会结束的沉默。

她目不转睛地看着我，突然笑了起来。

“不，不，我知道你没疯。”她笑着说，“我们心理医生也会给正常人看病啊，所以这点你不用担心。”

“好吧，那么我很正常。”我回答说。

“嗯，怎么个正常法儿呢？”她又笑着问道。

“非常非常非常正常，嗯，这么说吧，一直很正常直到我可以将自己隐……”

“直到什么？”

我意识到自己说漏了，赶紧闭上了嘴巴。

九个半手指的男孩

在前隐身男孩接受心理医生治疗的同时，一个只有九个半手指的男孩躺在郊区的一间公寓里。

他在思考过去几个月里都没有思考过的事情，在考虑后果，并开始怀疑那些举动或许会带来的副作用。

他从未像现在这么害怕过，但又不想表露出来，假装一切都不在乎，但其实心里却在乎得要命。

他一直盯着头顶的天花板看了好几个小时，好像能在其中找到解决一切的办法。

他坐在床上，张开双手，仔细看着自己的手指头，这是他多年以来私下里的一个癖好。他绝不会在学校里，在其他人面前，像这样看着他那九根完整的，还有一根残缺的少了一半的手指头。

然而，对于胸前心脏位置的那道疤痕他却常常感到洋洋自得。虽然伤疤很大，但他一点儿也不在乎，甚至认为这使他看上去更男人。或许，几年内，他会在上面刺个文身也说不定。

◆◆◆

“不，没什么，没什么。我很正常。”我继续说道，“就和其他正常人一模一样。既不像长颈鹿那么高，也不像霍比人劳尔那么矮，既不像纳乔·霍尔米贡那么胖，也不像佩德罗·埃尔·费迪奥那么瘦……总之，各方面指标都很正常。”

我觉得至少花了二十分钟时间都一直在跟她解释我是多么正常，并拿自己和高中同学相比较。

这也确实是事实。直到几个月前，我都一直认为自己是一个非常正常、非常普通的男孩子。任何一个长时间观察我的人也很难在我身上发现其他引人注意的特征。

比如，我不戴眼镜，视力几乎完美，可以在教室的任何角落看清黑板上最小的字。自打胡蜂事件后，我才意识到自己的视力比其他人都好。我能从远处看到人们看不见的东西，甚至在黑暗中也不受影响，能看得一清二楚。我有这种超能力……但是关于超能力的事儿我没有跟她提起。

我也不戴牙套，不管是小型的，还是像威利旺卡小时候戴的那种大型的，我都没戴过。我的两颗大门牙是有一点儿大，还有点儿歪，左边那颗微微向右倾斜，右边那颗微微向左倾斜，但是几乎看不出来。不张嘴的时候除了我自己更是没人能知道。好吧，我也只是当食物卡在大门牙中，努力用舌头把它们顶出来的时候才能觉察到。

我很正常，非常正常。因此我从没想过在自己身上会发生这些事儿，也没想过一个像我这么正常的人会变成一个如此，嗯，……特别的人。我是一个几乎在各个方面都很正常的人，我说几乎，是因为我确实也有缺点，但是，当然这个我也没有告诉她。

这是一个奇怪的缺点，因为我也不知道我有……好吧，我知道自己有这个问题，但没觉得那是个缺点。但是看上去确实是，并且根据环境的不同，很可能还是个大缺点。

这个缺点不会轻易被人发现。你可能和我待在一起很久也注意不到，比如说一整个下午。嗯，如果是一整个下午的话，还是有可能会发现的，我也不知道。尽管我知道这个缺点会影响我生活的很多方面：比如我的说话方式，写字方式，和别人交流的方式……那是一个最终将我带到这家医院病床上的缺点。

戴着一百个手镯的女孩

她胳膊上的手镯不停地摇晃着。

她坐在沙发上，看上去像在看手机上的时间，可实际上完全心不在焉，就像在看电视时思绪早已飘到别的地方一样。

她还不知道要跟他说些什么，只知道今天想去见他。尽管怕得要死，尽管走进那间病房的时候会全身发抖，尽管紧张得说不出话，尽管心脏快要爆炸……但是她必须见到他。她不能再像这样，将自己封闭在房间里，更不能将自己封闭在头脑里。

现在他已经能被大家看见了，但是差点儿她就再也看不见他了。这就是为什么她又变得着急起来的原因。如果他再次消失不见，而她却不能抓紧机会将心底想说的话都告诉给他，那该怎么办?

她又看了下手机。

时间所剩无几，决定了，就今天下午去。

她又看了看那些他们在一起拍的照片。就是在这个当下，在她就要失去他时，她才意识到在所有的照片里他们的目光和微笑都交织在一起。

她用手摸了摸裤子口袋，确保带上了那封这几天一直在写的信。但她不确定自己是否有勇气把信交给他。

她紧张极了。

非常紧张。

而且她并没有准备好。当然，她对此也毫不知情。

🌢🌢🌢

我也没有告诉她我有隐身的超能力。尽管或许她已经知道了，因为我上了新闻，所有人都知道我了，好吧，知道我的故事，因为出于保护未成年人的目的，我并没有在节目里露脸。

今天的探诊到此就结束了，我们没有再聊别的话题。她跟我说今天只是互相认识一下，明天继续。我们还有很多时间，甚至在出院后也可以保持联系。

我不知道自己是否愿意谈这么多，更别说在一个陌生人，一个女孩，一个如此漂亮的女孩面前。而且她还是一位心理医生，而且我也并没有疯。

她站起身，跟我说了声明天见，并亲吻了我的脸颊。

当她从房间离开时，我突然有种想哭的欲望。

我听到爸爸妈妈在外面和心理医生谈话，尽管听不太清谈话的内容，但我知道他们压低声音就是不想让我听到。即便这样，我还是多次听到了时间这个单词。时间，时间，时间……

他们送别了心理医生。门开了。

妈妈向我走来，看了看我的眼睛，抱住了我。她什么也没有问，只是紧紧地抱住了我。

他们不清楚究竟发生了什么，从一开始就以为这一切只是一场意外，而我也下定决心陪他们继续演下去。我利用一开始的失忆假装忘记了很多事。但实际上我都记得，清清楚楚地记得意外发生前的所有事儿。

他们也不敢开口问我，于是就叫来了心理医生。我虽然年龄不大，但是该懂的都懂。

但我内心里有一种感觉，这种感觉使我感到不适，像是活吞了一只刺猬，而它越长越大，在我体内从头到脚滚来滚去。每当我自欺欺人或者隐瞒真相时，它就开始在我身体里搞破坏。

我已经无法忍受这种状况再继续下去。

我又回想起那天发生的事儿……可仍然想不明白为什么恰巧就是那天那个时候我的超能力突然消失。是因为下雨吗？有可能，但是……

几天来，他的父母在不停地追问同样的问题：到底发生了什么？他们知道的也仅局限于那个官方版本，不管谁问起，都是同样回答的那个版本，那个告诉给家人、朋友、记者的版本。那个他们自己也有所怀疑但又不得不相信的版本：那是一场意外，幸运的是他活了下来。

但是背上的那些伤疤又是怎么回事儿？那些疤痕不像是在事故中造成的，因为太多了，而且更重要的是，那是些有些年头的伤疤。

他们什么也不敢问，甚至都不知该如何开口，或许还没有对可能得到的答案做好准备。这就是大家建议他们请这位心理医生出面，让她来弄清楚事情真相的缘由。

♦ ♦ ♦

今天我吃的还是同样的东西，没有什么味道的病号饭。

饭后一切又恢复了安静。休息的时间到了，特别是对于妈妈来说，因为晚上她几乎总是睡不着。她说那是因为扶手椅睡着不舒服，但我觉得还有别的原因。她不停地说梦话，不停地动来动去，甚至有一天我看到她在睡梦中哭泣。可能她的身体里，像我一样，也被植入了一个怪兽，却不知如何将它赶走。

趁她睡觉的时候，我拿起那天朋友送我的漫画。尽管我几乎都看过了，但又重新读了起来。我喜欢超级英雄的故事，总是梦想着有一天能成为他们中的一员，能拥有某种超能力……而现在我居然不知怎的一下子获得了好几种。

一下午，就这样，妈妈在我身旁睡觉，我在看着漫画。直到突然有人敲门打破了这种宁静。敲门声将妈妈从睡梦中惊醒，将我从漫画的冒险故事中拉回现实。

门缓缓地开了，那个拯救我生命的人走了进来。

露娜

露娜用她特有的方式跑着进来了。

就在马上要撞到床的瞬间刹住了脚步。她想拔掉我的吊瓶和胳膊上插着的针管。

妈妈一把将她抱住，放到了我的身边。她奇怪地看着我，好像没认出我似的。我也能理解，以我现在这副模样，穿着病号服，被剃光了头发，脸上带着伤……

露娜是我的小妹妹，刚刚满六岁。尽管她自己也不知道，但她却是这个世界上最了解我的人。她也是唯一一个不管在什么情况下总能看到我的人。

这很奇怪。因为在过去几个月中，除了她，我可以在任何人面前隐身。很多次当我在家中练习时，都可以随心所欲地在沙发上、厨房里、楼梯下施展超能力。但是只要她一出现，我的超能力就立马失效了。她总能找到我，直勾勾地看着我，然后朝我微笑，向我跑来。

此外，她也是唯一一个从第一天起就知道真相的人。或许也正因为如此，她是事故发生时唯一赶来帮助我、救了我的人。尽管对于六岁的小孩来说她自己并不知道这一点。

“哥哥，你病了吗？”她睁着圆鼓鼓的大眼睛问道。

“是的，但是已经没事了，都已经过去了。”我拉着她的小手回答。

我没有张开嘴，在心里跟她说了声：谢谢。突然我好想放声大哭，好想把所有的事情都说出来，好想把我们的秘密告诉给妈妈。

这是自住院以来露娜第一次来探望我。她的探望对我来说意义非凡。妈妈给我解释说妹妹现在才来是因为小孩子最好不要来医院，有可能会被病毒感染，所以她不能像我期待的那样经常来看我。

我和露娜玩了一会儿：我教她如何用遥控器来升降病床，并用圆珠笔在她手上画了个爱心，她还翻看了我漫画书里的插图……但是没玩儿多久，大概一个小时，爸爸就进来说他得带妹妹回去了。就在这时露娜跟我说了些我已经记不起来的事情。

“我找不到我的小羊玩偶了……”

“是那只腿上有黑色斑点的小羊吗？”

“对，就是它。”

“别担心，我知道它在哪儿。”我低声答道。

“真的吗？！”她大叫起来。

“真的，等我出院了就带你去找它。”这时，我看了看妈妈，她也看了看我。我觉察到她马上就要哭出来了。

“好了，已经晚了，我们得走了。”爸爸打断了我们的对话。

露娜抱着我，在我的脸颊上亲了一下，爸爸也亲了我一下，妈妈抱着露娜亲了好几下，然后爸爸又亲了亲妈妈。这可不太寻常，在家的时候他俩可从来没有这样过。我觉得自打住院以来，他们比以往更加相爱了。

爸爸和妹妹走了。妈妈说这些天妹妹都睡在爷爷奶奶家。

不需要向我解释这些我也知道，因为我的原因，爸爸妈妈现在更辛苦了。妈妈总是在医院陪我，而爸爸总是不停地来回奔波：从公司到医院，从医院到家，从家到爷爷奶奶家，从爷爷奶奶家到医院，从医院再到公司……

爸爸和露娜走后，妈妈去了趟卫生间。

不一会儿她就出来了，走到我身边，又亲了亲我，然后坐回那张扶手椅，打开电视，看起那些嘉宾互相争吵喊叫制造噱头的节目来；而我又继续看起那些主角一直在互相打斗的漫画。

日子过得很慢，每天都是一味地重复。化验，取报告，再等待第二天做更多的化验。

下午时分一般都很安静，有时候会有一两个护士来看看是否需要什么，看看吊瓶的情况，或者只是想来跟我打个招呼，因为我现在出名了。

但是突然，一切都变了。

我听到妈妈的手机上接收到一条短信。又一条，我心想，肯定又是某个亲戚、朋友或者记者发来的。但当我看到妈妈的表情时意识到发生了什么。

“怎么了，妈妈？”我问她。

“没什么，没什么。”她一边回复着短信一边说道，看也没看我。

我注意到她在手机屏幕上编写信息时指头在不受控制地颤抖着。

“妈妈，怎么了？”

她并没有回答我的问题，而是把手机装进了口袋，然后站到我面前让我坐到床上。她扣好我病号服上的扣子，调高了枕头，并给我盖好被单。

“怎么了？”我再次问道。

“等一会儿，你在这儿等一会儿，我马上回来。”她紧张地急忙站起来，推开门出去了。

我不安地待在那儿。发生了什么事儿？那条短信是谁发的？又是警察吗？

我把漫画书放在床上呆呆地看向门的方向。

没过多久我就听到了走廊上传来的脚步声。

“吱呀”一声，门开了。

我感到非常意外，惊得说不出话来。

琪莉

琪莉走了进来。

她妈妈紧随其后。

而我妈妈则跟在她俩身后。

她们默默地、缓缓地朝床边走来，像是生怕动静大了会伤害到我一样。

“看看谁来看你了……”妈妈说。

琪莉并没有看向我，只是用手跟我随意打了个招呼，什么也没说。她妈妈用那些慰问病人时，哦，就我的情况而言，慰问刚刚发生事故的人时常用的客套话打破了沉默。

琪莉看了看吊瓶，看了看床，又看了看地板……我觉得她把病房里的角角落落都看了一遍，唯独没有看我。

我妈妈看到大家都不说话，想要化解这个尴尬的局面，转身问琪莉妈妈：

“你想去外面喝杯咖啡吗？”

但是她妈妈看到琪莉一直沉默，又有点儿不放心，犹豫了一会儿。俩人互相对视着，用妈妈和女儿独有的方式交流着。妈妈领会了女儿的意思，接受了这个提议。

“当然，我们去喝点儿东西吧。远吗？”

“不，不远，就在跟前，在走廊上。”我妈妈回答说。

“那我们等会儿就回来，好吗？”她回过头来征求我们的意见。

“好的。”琪莉说。

“好的。”我说。

现在，就剩下我俩单独待在这间病房里了。这样的场景之前也发生过很多次，但又不太一样，因为这一次我们都无话可说。

我忍不住一直盯着她脸上的雀斑。

而她则低头看向地板。

就这样过了很久，很久……直到她终于开口，问了一个奇怪的问题。

“那我呢?”她嘟囔着，声音微弱、细小、缓慢，我几乎都没听到。

那我呢? 这是个什么问题? 该怎么回答这样一个奇怪的问题呢?

我察觉到琪莉在鼓足勇气问出这个问题后表现得有点儿不太对劲儿。她紧紧地攥住了拳头，像是要把手指头捏断一样；她拼了命地咬紧牙关，仿佛要把牙齿往肚里咽……然后开始不住地颤抖。

先是两只手，然后是胳膊以及上面戴着的手镯，再接着是脸上的雀斑，最后全身都颤抖起来。

她慢慢地抬起头，泪眼汪汪地看向我。

♦ ♦ ♦

那我呢？

最终，戴着一百个手镯的女孩问出了那个在她脑海中深藏多日的问题。虽然只是三个字，但却足以撼动整个世界，至少对她来说是这样的。

那我呢？

一个因爱生恨所带来的问题。就像是有很多蝴蝶在身体里飞舞，一只突然停下来所带来的连锁反应。

那我呢？

这位在镜子另一侧已经躲藏太久的女孩自言自语道。在那一侧你可以观察到外面上演的一切，同时又不被别人所见；在那一侧你能够痛之所痛，虽然发生在别人身上，但却能感同身受；在那一侧你可以用亲吻来发泄对一个人的哀其不幸，怒其不争。

那我呢？

一个不可避免，但又总是能将我们卷入其中的问题。

♦ ♦ ♦

“混蛋！该死的混蛋！”她开始大声叫喊起来，拳头攥得更紧了。

她抓住我的肩膀不停地摇晃着，同时死死地盯住我的双眼，使我不得不闭上了眼睛。

“为什么？你疯了吗？是这样吗？你疯了？！”她继续喊道，一声比一声响亮，“你是疯子吗？”

我一动不动，大脑一片空白，不知道该做些什么，该说些什么。

“混蛋，该死的混蛋！”她没有松手继续喊道，她抓得那么紧，我甚至能感觉到她的指甲透过病号服深深扎进了我的皮肤。

“傻子，白痴，你这个混蛋，疯子！”突然间，她像是一只泄了气的皮球，耗尽了所有力气，放开了我。

一拳重重地砸在病床上，用手擦了擦眼泪，摔门而去。

我听到外面传来嘈杂的喊叫声，不知道发生了什么。在那一刻我多么希望自己能再次隐身。我试了试，就像之前练习时那样：集中注意力，闭上眼睛，缩紧身体……但是什么也没发生。自从那场事故后我的超能力就消失了。或许是因为该死的药物……我不知道，重要的是我已经不能隐身了。

这时妈妈走了进来。

“发生什么了？”她紧张地问我。

“我不知道，不知道。”我撒谎道。

“快跟我说！怎么了？琪莉为什么这样子？”

“我真的不知道，妈妈。”

“听着，别把我当傻子。”她打破砂锅继续逼问道。

“别烦我了！”我冲她大喊着。

她愤怒地看了看我，又冲出门外。

我感觉糟透了。

我长这么大从来没有对别人大喊大叫过，更别说是对妈妈了。对那个日日夜夜在扶手椅里陪伴着我，守护着我，晚上握住我的大腿怕我消失不见，每当在我因药物原因尿裤时为我换衣服的妈妈……我竟然冲她，冲她大喊大叫。

我再也忍不住了，只想放声痛哭，只想把所有的秘密都倾吐出来，只想承认我就是个懦夫……那个哔哔声又响了起来，声音越来越大。而这一次只有我一个人在房间里。起初我试图默默忍受这一切，但怎么也做不到。于是开始声嘶力竭地喊叫，因为疼痛而号啕大哭……痛感是那么强烈，就连眼睛都感到阵阵刺痛。

妈妈赶忙冲了进来，看到我这个样子又立马冲到走廊上去叫护士。

然后转身回到房间，坐在我身旁陪着我。

紧接着她用双臂紧紧地抱住了我。

而我继续喊着。

这时我听到有人走进房间，

往我嘴里塞了几片药，

在我胳膊上打了一针。

妈妈的拥抱。

一头大象，又一头，又一头，又一头……一千头大象整齐划一地在我胸口踹来踹去。

突然它们又一下子消失不见，就像来的时候一样，来无影去无踪。

紧接着房间也消失了。

声音也消失了。

疼痛也消失了。

一切都消失了。

眉上有疤的男孩

当前隐身男孩由于药物原因睡着的时候，另一个男孩在头脑中不断地想象着琪莉和他的见面进展如何。她有没有告诉他什么？

他脑子里有无数个没有答案的问题，而这些问题既不能帮他逃避真相，也不能帮他摆脱自己的负罪感。

他想起了自己和隐身男孩一起度过的所有时光，摸了摸眉上的那道疤痕，记起了多年前的那场比赛。

冷冷无情的冬天已经过去了，爷爷的两辆老旧自行车躺在落满灰尘的储藏室里等待着夏天的到来，期待着能重获新生。两个小孩儿除去上面积累多年的灰尘和铁锈，给轮胎充气，并重新调整了座椅高度……

“你骑过这两辆车吗？”他问道。

“没有，从来没骑过。它们好大呀！”

“是的，确实很大。能变速调档吗？”

“不行。这就是普通的自行车。”

“那我们来场比赛吧？”

“骑这两辆车比赛？”

“当然，来吧！”

两个好朋友来到村子附近的一块平地上。他们俩准备就绪，数到三开始比赛。起点就是那栋房子，而终点就设在远处的栅栏处。

“一、二、三！”

两个男孩竭尽全力地飞速蹬着那两辆老旧的自行车，齐头并进，不相上下，照这样下去俩人将同时到达终点。可是他们俩在比赛前都没有想到应该检查检查刹车：一辆的刹车还能用，而另一辆的早就已经失灵了。

当萨罗捏刹车时才猛然意识到了这一点：车把手非常松动，没有一点阻力。

眼看着离栅栏越来越近，他紧张极了，急忙用脚撑地试图让车减速停下，可是速度太快，车失控了，他和自行车都摔倒在地。

结果就是他的手、胳膊肘、膝盖都擦破了皮，右眼上方眉毛处则重重地撞到了地上。

他被送到医院缝了好几针，于是就有了这段疤痕形式的回忆以及足够笑上好几年的谈资。

而现在，摔倒的不是他，是他的朋友。他朋友的伤疤更难以被看见，因为那是心底的伤，是那些随着时间流逝也不知能否恢复愈合的伤。

而这还不是现在和当时唯一的区别。那时，当他从自行车上摔下的时候，朋友第一时间飞奔过来帮助他：将他扶起，靠在肩上搀扶着送他回家，并通知了他的父母……而这些恰恰都是现在当朋友遇难时他所没有做的。

他袖手旁观，撇下朋友不管不顾，日复一日。

♦ ♦ ♦

夜幕降临在男孩身上，此时他正在睡觉，医院里寂静一片。

夜幕也降临在这位爸爸身上。当得知儿子又犯病的消息时，他急忙从公司赶来，并意识到这一周他见儿子的次数比这辈子见得都多。现在他知道了陪伴对于教育子女的重要性。

他今天晚上接替妻子在医院轮守，坐在那把扶手椅上调整到一个舒服的姿势。至今他还记得两天前在这张病床上和儿子的那场令他痛心的对话。

“爸爸，你今天也不用去上班吗？”

“对，今天也不用去，为了在这儿照顾你，我已经请假了。”

“你能不能在我不生病，身体好的时候也请假？这样我就有更多的时间能和你待在一起了。”

就是这句话刺痛了他的心。那天晚上他回想着自己曾经请假在家的次数：那次得了流感时，发生事故手受伤时，他的祖父去世时，参加岳母葬礼时……但是从来没有因为儿子掉落第一颗牙齿，教儿子骑自行车，陪儿子过生日或者在海滩玩耍而请过假……也就是说他从来没有因为那些在儿子生命中真正重要的事儿请过假。

❦ ❦ ❦

同样的夜幕也降临在城市的千家万户。

降临在戴着一百个手镯的女孩的房间里。她不知道爱情和仇恨之间相差多少个吻的距离；她意识到自己仍然没有准备好去见他，而且发现在这个世界上脱离害怕的爱情并不存在。

她小心翼翼地收拾清理失望的残骸，因为她现在知道自己已经完完全全放下了。

夜幕也降临在眉上有疤的男孩的房间里。他不住地在脑海里想象琪莉和他朋友的会面进展得怎么样，顺不顺利，他们俩说了些什么，当俩人再次相遇时彼此的感觉又是如何。因为在内心深处，他也喜欢她，尽管他也不敢将心底的真情实感告诉给她。

夜幕也降临在九个半手指男孩的房间里。他认为一切仍会照旧，什么事儿也不会发生，但是即便如此，每当家里电话响起时，他的身体都会不由自主地颤抖起来。

我醒来了，那个该死的哔哔声又一次刺穿我的脑膜。

我看了看表，5 点 14 分。

今天陪床的是爸爸，他正蜷缩在床边的那把扶手椅上。我盯着他看了好一会儿，好想抱住他，把一切都告诉他，好一劳永逸地干掉那只在我体内作祟的刺猬。

过了一会儿，我又想起了琪莉。我俩从小就认识，几乎是同年同月同日生。她生日是 20 日，而我是 19 日。事实上，我们俩总是一起庆祝，连生日蜡烛都共用一份。

琪莉和我个头一样高，身材苗条，头发很长，经常绑成辫子扎在脑后，穿着独特，手腕上戴着一百个手镯。

她是在所有人中，最后看不见我的。一开始我在她面前隐身只是为了好玩儿，像是开个玩笑，并没有当回事儿。可是后来渐渐地随着我隐身的时间越来越长，直到某个时刻我决定再也不让她看到我。

我为什么要这么做呢？那是因为我喜欢她，非常喜欢。直到不久之前我还没有像现在这样注意过她，每当她看着我或者对我笑时也没有像现在一样有蚂蚁在胳膊上爬动的感觉……

当然，在事故发生后，我宁愿能在她面前永远隐身，也不愿让她看到自己变成了什么样子。

自那之后我再也没有听到过她的消息。很多我不在乎甚至不认识的人都来看望我，可她却一直没有来。我以为她永远都不会来见我了，可没想到，今天，她居然来了。

今天她终于来见我了，尽管可能也并不情愿。

男孩不停地思考着发生的一切，他知道最终还是得找个人倾诉，否则这该死的哔哔声会使他发疯。

或许他会告诉那位心理医生，这样一切就都解决了。他的要求不高，只希望自己的胳膊能够复原，头发能重新长出，伤口能结痂愈合，哔哔声能从脑子里去除，刺猬能消失不见，大象再也别出现，琪莉能跟他重归于好，一切都恢复如初。

就这样，他又想到白天在医院里要做的事儿。

今天心理医生会来得很早，早饭后第一时间就会来。他已经准备好将所有的事儿都向她和盘托出，绝对毫无保留……即使就算这么做，一开始也可能并不会有什么效果。

那天

这真是奇怪的一天，最终所有事儿都事与愿违。刺猬、大象、哔哔声一个都没有消失。我已经下定决心今天就把所有发生的一切都告诉她，整晚在脑子里练习具体该怎么做：该怎么开始，先说什么再说什么，该怎么跟她解释我的超能力……但是，最终都搞砸了。

“今天怎么样啊？”她一进门就问道。

“嗯，好着呢，但是…… ”我陷入了沉默。

“怎么了？”她一边向我走来一边问。

“嗯，就是…… ”我有点儿绷不住了。

她抓住我的手，抱了抱我，大概有几分钟的样子。我感受到她的气息呼在我没有头发的头皮上，我感受到她是用真心在拥抱我。慢慢地，她松开了我……

“你想跟我说点儿什么吗？”她拉着我的手问。

“全部……”我答道。

“这就是我来这儿的目的。”

于是我开始向她讲述发生的一切。

“一切都是从那群恶魔开始的，好吧，从那个，从我看到的第一个……”我跟她说。

“恶魔？”她张大眼睛问我。

“是的，恶魔，很多很多，成千上万。它们中有不少晚上会来找我，钻进我的胸腔。即使我现在看不到，但仍能感觉到它们的存在。它们会随时随地伤害你。事实上就我的经验而言，它们在你看不到的情况下比在你眼皮子底下时所造成的伤害往往更大。”

“但是……你知道恶魔是不存在的，不是吗？”她认真地看着我说。

“当然存在。”我答道，“你们成年人跟我们说不存在只是为了不让我们害怕，但是你们也知道它们是确确实实存在的，而且无处不在，只不过不是在床底下、柜子里或者是窗帘后面。”

“啊，不在那些地方吗？那它们在哪儿？”她问道。

“在很多地方：树上，门后，大街上，学校对面的咖啡厅里，或者在汽车里等着孩子们放学……”我开始向她一一列举曾经看到过恶魔的地方。实际上，它们随处可见，最糟糕的是它们也能看见我，尽管到后来它们连我看也不想看。

“那这儿也有吗？”她问道。

“有，它们中有一些是来看我的。这样说吧，任何人都有可能今天还是正常人明天就变成恶魔了，连你也不例外。”我跟她说，“有的白天从那扇门大摇大摆地走进来；而有的则在晚上钻进我体内，这是最坏的情况，因为我看不见它们……还有的时候它们会用那无形的大手抓住我，使得我的手臂、大腿不听使唤，不住颤抖……”

她叹了口气，在一个小小的本子上做着笔记。

“你继续说，继续。”她说。

“一切都是从我第一次看到恶魔那天开始的。我一直执着于找寻某种超能力，无论哪种，只要对我有用，能让我身体变得更加强壮，反应变得更加快速敏捷，个子变得更高，块头变得更大，或者更小也都可以。”

“超能力？”她摘下眼镜，揉了揉眼睛，难以置信地又问道。

“是的，实际上我们每个人都有。”我又跟她解释说，“总有些人在某些方面表现得异如常人：比如有的视力极佳，有的听觉很敏锐，有的嗅觉很灵敏……虽然这些和我习得的能力相比不足一提。”

“那你习得的能力又是怎样的呢？”

“嗯，我学会了很多，但是一切都是从胡蜂事件开始的，那天改变了一切。”

我俩都陷入了沉默。她把笔记本放到桌上，摘掉眼镜，目不转睛地看着我。

“那天发生了什么？”她追问。

“那天我变成了一只胡蜂。”

当这个前隐身男孩开始将一直以来埋藏于心的事情全部倾吐出来的时候，在一间位于市郊的公寓房间内，九个半手指的男孩焦躁地躺在床上。

他不知道医院里的情况，也不知道隐身男孩是否会将真相和盘托出，还是会利用发生的事情而编造某些谎言。

真相？他自问道。什么是真相？已经发生的事儿吗？还是最后一天当他走来时可能发生的事儿？又或者是他脑袋里的所思所想？他心里的所感所觉？如果凡事都只有一个真相的话，这个世界会是多么简单啊。

如何修复别人辛苦堆建而由你亲手摧毁的沙堡？如何送给别人一束鲜花而又能不从地里将其采摘？如何享受整片森林，但一场大火突如其来？如何找回你已经扔进湖里的那颗石子？眼下他仍然维系着正常的生活，没人对他说三道四。但是有可能在未来的某一天接到电话，那时他就不得不开口面对了。

“我想既然蜘蛛侠在被蜘蛛叮咬后能获得超能力，那么如果我被别的昆虫，比如一只胡蜂叮咬后也可能会发生同样的事儿。”

“发生了什么？”

“我不但变成了一只胡蜂，还能使恶魔都因为害怕而远离我。从那天起我就有了超能力。”

“比如说？”

“比如我可以在水下自由呼吸。我觉得只要我想，在水里生活也不是什么天方夜谭。”

“哇……”她继续在笔记本上忙着记录。

我们俩一言不发，陷入了沉默。

“继续，继续……”她说。

“嗯，我还有其他能力。比如我能听到远处人们的谈话，能在黑夜里看清一切，能比其他人走得更快。但是尽管已经拥有这么多能力，恶魔依然阴魂不散，总是来来去去。因此我下定决心要学会一种足够强大使它们对我束手无策的能力。最终我成功了。”

“这是什么能力呢？”

“隐身。”

🌢🌢🌢

“隐身……？”

“是的，你没听错，你没看新闻吗？现在人人都在谈论这个事儿。”

“没有，我没听说。你继续，告诉我发生了什么，你是怎么隐身的？”

“好吧，也许一切都是机缘巧合。那天到处都是恶魔，我就想，要是我能消失不见该有多好，于是就开始集中注意力并缩成一团……当我再次睁开眼睛时就发觉恶魔看不到我了。它们四下张望，用目光到处搜寻我的下落，可就是不看向我所在的地方。我就站在它们眼前，但它们就是看不到我……于是它们就陆续离开了。从那天起我就开始勤加练习，以便我能随时隐身。

这时心理医生合上了本子并把它装进包里。

“你能现在演示一下吗？”她问我。

“演示什么？”

“隐身。”

“嗯，现在不行，我觉得自从发生事故后，我的超能力就消失了。”

“啊，这样啊……”她一边说着一边站起身来。“好吧，那我们今天就到这儿吧。”

“这就结束了？”

“是的，结束了。”

“但是……但是我还有好多事儿都没讲呢。我还没跟你说我和龙一起飞翔的经历呢。”

“和一条龙？……是这样……”她一边挎上包一边说，“我觉得咱们还是明天再继续吧，现在我已经无法思考了，信息量太大，我需要回去消化消化。”

“但是，这就是真相啊！我跟你说的都是真的！是真的！”我冲她大喊道。

她拉着我的手宽慰道：“我知道你没疯，至少我就是这么认为的。你说的这一切可能都是因为事故撞击而造成的，也可能是受那些漫画的影响，甚至是……我不知道，我不知道你为什么跟我说这些，但是我们今天就先到这儿吧。明天我再来，咱们再继续说，好吗？”

她吻了吻我，拿起包，说了句明天见，就转身离开了。

我不明白发生了什么，她为什么就这样走了？我现在不能在她面前隐身是因为自打我到这儿起超能力就消失了，但这不代表我经历过的一切就只是个谎言。

我明白这样的事情很难让人相信。确实，一开始，当我第一次隐身时，自己也感到很困惑很荒谬。

起初这种超能力只能坚持几分钟，但是慢慢地通过练习，时间也在逐渐拉长。有时候半小时，有时候四十分钟，一个小时……甚至有时人们连续几小时都看不到我！

但是从来没能持续一整天，我总会在某个时刻功力耗尽，突然现身。

这是因为一直以来我都没能很好地控制住这种能力：比如有的时候，当我越想隐身时却有越多的人能看到我；相反，当我想被大家看到时却又突然隐身了。

刚开始那几天我觉得自己是个超级英雄，以为世界上只有我能这样。但是就在事故发生的几天前，我在公园里碰到了一个多年前就能这样做的人。

“你不是唯一能隐身的人。你身上的事儿在很多人身上都发生过。只不过大家都藏在心里，什么也不说罢了。”她跟我说。

“为什么呢？”我问。

“那你告诉给别人了吗？”

“没有……”

“你看，”她边说边转身，拨开了脖子上的头发让我看。“你知道这是什么吗？”

“看上去像是一个龙头。”

“是的，就是一条龙，但这是一条非常特别的龙。”

“有什么特别呢？”

“因为这条龙只有在你想要隐身时才会显现……”

在一间小公寓里，心理医生难以入眠。变成胡蜂，在水下呼吸，看到恶魔，隐身，和龙飞翔……她暗中问自己，为什么一个小男孩需要编造这些故事呢？她知道他没疯，因此不明白到底发生了什么。她在床上辗转反侧最终睡着了。

第二天，她再次来到医院，小男孩用另一种方式给她讲述了同样的真相。

那时，她感受到自己的心脏在不断地强有力地收缩，甚至某一刻觉得它会消失不见；她开始相信恶魔、超能力、龙的存在；明白了那种醒来时的窒息感以及胸口上的大象从何而来，特别是弄清楚了为什么在他的脑子里能听见刺耳的哔哔声。

也是在那时，她意识到，要成为恶魔不需要做什么特别的事，有时候什么都不做就足够了。

探访

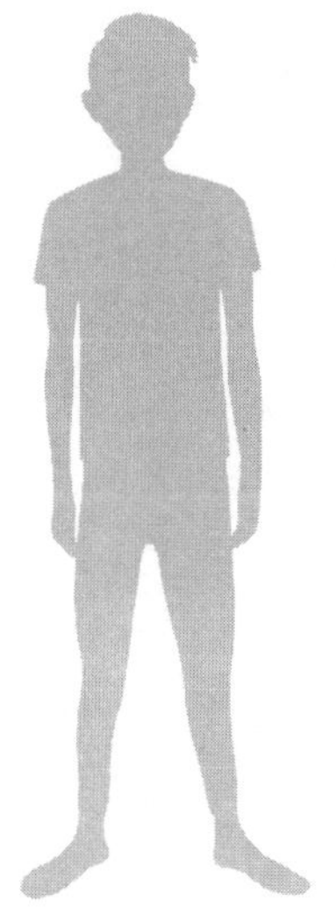

第一个恶魔

一切都是从那个周五开始的。

那天原本就像任何一个周五一样，唯一的区别就是，那天晚上我们有场数学考试。是的，在周五晚上。

我为了这场考试已经准备了好几个星期，因为我知道平均绩点的重要性。也因为我喜欢数学，喜欢玩数字游戏，喜欢心算……当然这些都是我的缺点。

我记得那天就像平常有考试时一样，我起得很早，比爸爸妈妈都早。

我还记得妹妹像每天早晨一样，跑到我房间钻进被窝蜷缩在我身边。而她这个举动，尽管那时她并不知道，在这个故事中至关重要，甚至最后救了我的命。

我猜想，妈妈会像每天起来一样催我穿好衣服，在厨房里喊我下楼吃饭。

在我家早饭时间总是一片混乱：爸爸喝杯咖啡就冲去上班，妈妈什么也不吃，因为她上班时间很早，给妹妹穿戴完毕后就得赶着送她去托管班。而我则一个人在家从 7 点 45 分待到差不多 8 点 10 分然后去上学。

从我家到学校步行大概需要十五分钟。当然这是之前，在我获得超能力后五分钟就能走到学校了。五分钟！有时还不到五分钟。

我总是利用一个人在家的那一小段时间给自己做个三明治。爸爸说这个世界不是为了喂养更多无用之人而存在的，所以如果我想吃什么就得自己亲手做。然而，他的这句话给我带来了非常危险的、几乎收不了场的影响。我差点儿杀死一个恶魔。

那天，就像每个周五一样，我 8 点 10 分出门，因为穿过我家和萨罗家间的那个公园需要大约十分钟。我俩总是约在他家街道拐角处的那个超市见面，然后再一起朝琪莉等我们的那片空地走去。几乎天天如此，我们三个就这样一起上学。当然，这是在我学会隐身之前。那个周五，我像往常一样，背起书包，关上门，走下台阶。

那个周五，就在这个还不知道隐身为何物的男孩从家里出发的同时，另一个住在几个街区之外的小男孩也从家里出来，向同一所学校走去。

他也要参加周五晚上的数学考试，但他什么也没复习。挂不挂科对他来说都一样，因为他已经休学了一年，他知道不管怎样老师都会让他通过的，这就是体制的好处，他想。

他背上书包，里面装的有可能是书也可能是石头，因为二者对他来说都一样，或许石头可能还更有用些。他的脑子正在盘算着其他事情，比如贝蒂，那个打着鼻环和脐环的漂亮女孩。

他突然发觉自己没吃早饭就出门了。当然这对他来说也无所谓，因为可以在休息时搞到一份。

我快速穿过公园，脑子里仍然在复习着考试的题目，不知不觉就走到了街角的超市，萨罗已经在那儿等我了。他是我最好的朋友，我们打小就认识，一起度过了好几个夏天，有时候在我爷爷奶奶家，有时候在他家，有时候在某个夏令营……我俩一见面就互相击掌，这是自从自行车事故发生以来，多年间我们一直坚持的一个问候仪式。

我想象着那个周五我们会谈论很多事情：考试，琪莉，周末计划，我考试复习得有多好而他则像往常一样，正好能及格但是仅仅是及格而已。萨罗从来没有考过六分以上，但也从没有低过五分。总是不多不少刚刚及格。

我们也聊到把考试安排在晚上是有多变态，而且还是个周五的晚上。大家都知道晚上考试是最糟糕的。最好的考试时间是一大早，这样刚刚复习过的东西还都历历在目，特别是早早考完就能放松下来，也不会一整天都焦虑不安。

我们继续沿着街道往下走，一直走到那片空地处，远远地就看到了琪莉。她和我是如此不同，总是那么、那么、那么亮眼，那天更甚……

♦ ♦ ♦

琪莉穿着一身黄色的衣服，从头到脚。黄毛衣，黄裤子，黄鞋，像是一只戴满手镯的大柠檬。

我和萨罗笑了好一会儿，但她无所谓。这就是我最喜欢她的地方，总是我行我素，一点儿也不在乎别人的想法。

不到两分钟我们就到了学校。

我记得那天，像其他所有有考试的日子一样，课间休息时，很多人手里都捧着书或者笔记本直到考前最后一刻。而我从不在考试将至时临阵抱佛脚。

琪莉和萨罗他们俩确实也是拿着书去吃午饭的。

上课铃响了，大家都跑着赶回来。因为接下来的两节课就要开始考试了。

我们在大教室外的走廊上等着老师的到来。每当考试时总会有人到最后一刻还抱有一丝希望，祈祷会发生些什么：比如老师生病、错过考试之类的……但是这一次希望又一次落空了。老师头上冒着汗珠一路小跑地拿着一堆试卷赶来了。

“快点儿，快点儿！”他一边在教室里来回踱步一边喊道。

另一个和他一起来的老师站在门边开始传递名单。我们按照名单顺序依次就座。

有时一个小小的细节就能改变一切。如果那天教室里的桌子不是这样摆放的，如果有人缺考，如果名单有误……无论发生上述哪种情况，我都不会像现在这样躺在医院。可见一个微小的变化足以改变整个生命的轨迹。

⬧ ⬧ ⬧

我们走进教室。我看见萨罗坐在教室的另一角，而我和琪莉的座位几乎挨着，中间只隔了一个同学。我探出脑袋跟她打招呼。我俩相视一笑，她满脸的雀斑随着身体的晃动而晃动。

“安静！”老师说，但没人搭理他。“安静！！！”他再一次大声喊道，又喊了四遍大家才安静下来。

“现在分发试卷。”老师一边戴上眼镜一边说，“拿到试卷后扣放在桌子上，我说开始才能翻开。

接着他和那位监考老师开始发卷子，我们所有人在拿到卷子后做的第一件事儿就是将它打开快速浏览上面的题目。

“今天是周五，答题完毕你们就能交卷回家了。”他半笑着说。

“如果您允许的话我现在就可以交卷！”教室后排有人说道。大家哄堂大笑起来。

“别说蠢话了，考试开始。”

我们有一个半小时的答题时间。

但我早早就答完了。

并且很多人也发现了这一点。

也可能就是这个细节改变了一切。

考试很简单，对我来说那是相当的简单。我叔叔也是老师，他说，现在的科目都越来越容易。为了使班上最差的孩子能好受些，题目的难度一降再降。“要是某天有个同学不会写字，所有人都得陪着他练一整年书法。”他有一回这么跟我说。

我看了看表，还不到一个小时，我已经全部答完了。于是斜眼看了看其他人，大家都沉浸在各自的世界里：有的缓缓地转着圆珠笔几乎什么也没有写，有的看上去像是把问题读了一千遍，还有的时不时地看向天花板找寻灵感……而我，早早就答完了。

但我又羞于这么早交卷，于是假装开始检查答案。

在学校里最重要的生存法则之一，就是不要表现得太聪明，这样就不会被别人注意。中不溜儿是最好的，不会因为太优秀或太差劲而过于显眼。实际上不用功的人比刻苦学习的人更引人注目，至少我爸爸是这么说的。

而我也是这样做的，假装检查着答案。这时我听到了那个声音。

“咝，咝……”

“咝，咝……”

这声音像是窃窃私语。

我一动不动，想要判断它是真的存在还是只是我的幻觉。

“咝，咝……”

不，这不是我的想象。而且这一次音量又高了些。是后面有人在叫我。然而我并没有回头。我没有回头是因为我知道坐在后面的是谁。

“咝……喂，混蛋……叫你呢。”他小声朝我嘟囔着。

我吓了一跳。

我不敢将头整个扭过去，只是微微转动了一下，已经足够确认心里所猜想的：没错，就是他，坐在那儿，在我身后。

“把你的考卷递给我。”他压低嗓门说。

“嗯，嗯，我还没写完呢……”我撒谎道。

“没事儿……”他又说，“快递给我，把我的拿去。”这时我感到有东西碰到了我的后背，是他的考卷，我猜想。我全身发麻不寒而栗。

我用目光搜寻着老师，可他正在教室的另一端和一位同学在谈论着什么。

“还不给我吗，白痴！”他又提高嗓门。

也可能是我的回答改变了一切。我本来可以不去唤醒那第一个恶魔，这样也不会像多米诺骨牌一样，唤醒之后成百上千的恶魔……

但是我的答复从那一刻起，彻底改变了自己的命运。

不

“你说什么？！”他生气地喊道。

我不敢吭声，往前缩了缩，生怕他从后面给我一击。

“怎么了？”老师一边朝我俩走来一边问。

“没事，没事。”他回答道。

“没事。”我说。

“你答完了吗？”老师问我。

“是的，已经答完了。”我连忙把试卷交给他，只想尽快逃离这个地方。

“好的，答完题的同学可以交卷离开了。”

话音刚落，就听到教室里一片椅子的声响。

那天我既没等琪莉也没等萨罗，拿起书包，出了校门就径直朝家走去。

在路上我忍不住一次又一次地回头张望，尽管没人跟上来，但我还是止不住地浑身颤抖。我知道那声“不”将会招来很多麻烦。

当这个男孩急匆匆朝家走去的时候，另一个坐在一张白卷前，既生气又吃惊。

“不，他居然跟我说不！”他心里想着，什么也顾不上了，什么考试，朋友，老师……这个仅有一个字的简单回答使他内心彻底崩溃了。

他的思想，特别是他的身体都早已习惯别人对他百依百顺，或许正因如此他还没有反应过来究竟发生了什么。他已经很久没有听到一个否定的答语了，不管是在家里、在学校，还是在外面……因为一声“不”就意味着与他为敌。

他个头高大，身体强壮，还很帅气，而且要什么有什么。此外，还比同班同学都大了两岁。如果非要说有什么缺点的话，那就是他的小拇指缺了一截。据他所说，这是在一场打斗中和心脏上方的那道伤疤一起留下的。至少他是这么说的。没人知道这是不是真的，也没人敢去质疑他。

“不。”

“他居然跟我说不。”他心想。

“那个白痴以为自己是谁啊？

“他竟然敢当着所有人的面拒绝我，跟我说不，太丢脸了。

“最糟糕的是这回又要挂科了。家里的两个老东西已经说了，如果再不及格就要没收我的手机、零花钱、摩托车，一切。

“因为那个白痴，我考试过不了了，但是我一定会让他付出代价的，一定。

“他居然敢跟我说不。”

实际上他最担心的并不是挂科，因为不管怎样，他知道爸爸妈妈最终还是会把手机、零花钱、摩托车，他所需要的一切都还给他的；最让他在意的是那个“不”字。这个字一直萦绕在脑中挥之不去。不，不，不，不，不……像一把机关枪扫射着这副经不起任何失败的身躯。

他讨厌等待，想此时此刻马上复仇，于是向一扇门一脚又一脚地发泄着怒火。吐口水，攥紧拳头，咬紧牙关，仿佛马上就要爆炸了。

他不能等，也等不了，因为他不会，也没人教过他。因此他必须做点什么，否则就要疯了。这时突然脑子里有个想法一闪而过。

“完美。”他一边想着一边拨通了朋友的电话。

那个周五，我在一种焦虑不安的情绪中回到了家。

大脑一片空白，无法思考，在开门时半天都找不对钥匙，试了又试，一次，两次，三次……就连指头都不听使唤，一个劲儿地颤抖。好不容易开了门，我赶紧反身关上，就像门后有鬼一样。

爸爸妈妈都还没有回来，我在餐厅里走来走去不知道该做些什么，想要试图说服自己冷静下来，不会有什么事儿的，等周一再去学校时没人会记起发生了什么。

我打开冰箱，取了些食物垫垫肚子，然后就蹿上楼，回到房间，躲进漫画书的天地里。每当我遇到麻烦时，这就是最好的治疗方法。

我一页页地翻看着漫画，想象着如果是蜘蛛侠、超人或者蝙蝠侠，遇到这种情况他们会怎么办。

我看了半天，发觉自己看不进去，没有办法集中注意力，于是就把漫画书扔在一旁，平躺在床上。

我开始环视房间里张贴的所有海报，有一张引起了我的注意，上面写着这样一句话：你必须强大到使对手觉得你不仅仅是个男人。

我读了又读，细细品味，好像专门有人把它贴在那儿给我看似的："不仅仅是个男人……"

我向天花板望了好一会儿，无事可做，任凭时间流淌。突然手机上收到一条短信。

我吓了一跳，赶紧从床上坐了起来。

嗨，发生什么了？你交卷交得好早呀。

是萨罗。

没什么，嗯，就是有点儿急事。

说吧，怎么了？

真没事儿。

那和 MM 是怎么回事儿啊？

没什么，他想让我把考卷递给他。

这个家伙你可要特别小心。

嗯，知道了，没事儿。

那么考试考得不错咯？

嗯，还挺好的。

太棒了，我也觉得还不错，题目不难。

琪莉考得怎么样？

你知道的，她总说考得一般，但是每次都考得很好。

你明天准备干什么？

估计要和爸爸妈妈去采购。

哎呀，我们打算去乡下过周末。

太好啦！

周一见！

周一见！

祝你玩得开心！

：）

：））

：）））

：））））））

对话结束。

我重新拿起漫画，刚看了没两页，手机叮地响了一声，又收到了一条短信。

“真烦人！”我心想，但是当我看到手机屏幕时，意识到这次不是萨罗发的。

我突然又莫名紧张起来，心跳加速。

你好！！！

来自屏幕另一端的问候。

你好！！！

他回复着。她的心也怦怦怦地跳个不停，手指、雀斑、就连脸上的笑容都跟着一起颤抖。

她一直在找寻一个合适的机会向他吐露心声，一起约着去看场电影或者给他一个大大的拥抱……可是她不敢。因为他们俩做朋友已经好多年了，现在她不知道该如何迈出这一步，如何能既不伤害友情又不会断了爱情后路，自然而然地从前者跨越到后者。

因此，眼下她想继续维持现在这种关系，先通过手机来做一些不敢亲自做的事情。比如每天在每条短信中插入各种各样的表情包：今天一颗小爱心或者一个媚眼，明天一个亲吻的笑脸……用这些图案来替她表达不敢亲自对他说出口的话。

是琪莉。我的手指颤抖着。

爸爸曾经说过在这世上只有两样东西会使心脏异位，一个是爱情，而另一个则是恐惧。

你好！！！

我回复着。

你好！！！

今天考试考得怎么样啊？？

嗯，挺好的。

你怎么那么早就交卷走了？？为什么呀？

嗯，家里有点急事要我帮忙。

你周末有什么打算……

就这样，我们一来一回发了半个多小时的短信。每当回复中夹杂着小爱心图案的时候，我的心也跟着一起上下浮动。虽然很可能这只是一个表情，不代表什么，一个她会给所有人都发的表情，但是我在心底想象着从屏幕里跳动出来的那个亲吻就只是给我一个人的。

我一直很喜欢琪莉。但是直到中学最后一年才意识到自己不只是单纯喜欢她，而是已经深深地爱上了她。因此在我去年生日聚会时，我用尽全力吹灭蜡烛好让许下的这个大大的愿望得以实现。问题是我们俩做了这么多年朋友，要是她喜欢我的话早都跟我说了，或者至少早都应该觉察到了。因此一直以来我也什么都没说，生怕破坏了我俩之间的友情。我宁愿作为朋友天天守在她身旁，也不愿彻底失去她。

在发了好多短信后，我俩互相道别。我傻呵呵地笑着，心情愉悦地看着她发的紫色爱心，还有两个亲吻的表情。

过了一会儿爸爸妈妈回来了。

我把手机留在卧室里开心地下了楼。

今天是周五，他们带回了比萨。我们一家四口围坐在餐桌前享用晚餐。

饭后又一起看了一会儿电视。没过多久，我就借口说自己因为复习考试昨晚没睡好，想早点回房休息就上了楼。实际上我是想再看看刚才和琪莉的对话，重温每条短信。这是一种再次品味她话语的方式，想要从字里行间看出是否某个亲吻或者爱心会有别的什么含义。

但当我拿起手机时，看到了一条令我始料未及的新短信。我的心脏再次异位了。

你竟然敢对我说不，周一咱们走着瞧

这是我在整个周末收到的所有威胁短信中的第一条。

周六，在收到一堆辱骂短信后，我把手机设置成了震动模式。即便这样，每当手机嗡嗡响起时，我的全身还是会不由自主地发抖。

周日我决定彻底关机。

在这之前，我对 MM 这个人仅仅是有所耳闻。我是今年刚刚入校的，在班里只认识之前和我是同一所学校的四个男生和两个女生，但是如果真要说朋友的话，只有两个，萨罗和琪莉。

刚入学的日子比我预期的要好得多。大家都是新生，忐忑地来到一个新环境中。当然，不包括 MM，他已经复读一年了。

紧接着我们就迎来了新学期的第一次考试，不出所料，因为我的“缺点”，我考了全班最高分。除了某些同学的冷嘲热讽，把我叫成书呆子以外，没发生什么特别的。直到周五那场该死的数学考试，命运弄人，MM 坐在了我的身后。

周日我几乎一整天都待在卧室里，没有出门。我跟爸爸妈妈说自己胃疼，可能是吃坏了肚子。我利用这个借口懒散地躺在床上一连几小时地看着漫画。

露娜时不时地跑进我的房间，装扮成照顾我的医生，假装给我量体温，假装喂我吃药，还在我身上贴满创可贴（创可贴可是真的）。

周日就这样慢慢地、一分一秒地过去了。我脑子里想象着周一可能会发生的一切，越是临近晚上就越感到焦虑不安，不想让第二天到来，不想去学校上学，不想碰到 MM。

晚饭时我没有胃口，又以肚子疼为借口随便吃了两口就上床了。

我拿起手机，想看看琪莉有没有给我发消息，有没有发送笑脸或是亲吻的表情……但是另一方面我又担心害怕 MM 给我发新的恐吓短信，我不想再看到更多的威胁或者辱骂……

最终我意识到恐惧所带来的威慑感比爱情要强烈得多，于是默默地把手机放在一旁。

我闭上眼睛，但是无法入睡……

周一

对于那个一点儿也不想去上学的男孩来说，周一终究还是来了。他垂头丧气地看着窗外，多么希望能突然下起大雪出不了门，下起瓢泼大雨淹没整个城市，或者寒潮来袭连恐惧都被冰冻起来……但是这些都没有发生，外面阳光明媚。

他也可以继续假装生病，假装肚子疼到站也站不起来，但是这样会让家里变得一团乱。爸爸妈妈要去上班，还要把露娜送去托管……犯不着为这种事儿而影响工作，这是有一次他听见妈妈这样对爸爸说的。再说了，肚子疼又能疼多长时间呢？“最好能一直疼到他把我忘了。”他心想。

他不情愿地下楼吃早饭，为了不使爸爸妈妈起疑而小心掩饰，这样也就能省去一番解释。

爸爸已经去上班了，妈妈几分钟后也会出发，很快家里就又要只剩下他一个人了。

他会去准备三明治，收拾书包……但是，不会去拿手机，打算就这样把它关机放在卧室里。

然后他将向学校走去。他知道这次考试毫无疑问最高分还是他，但他不知道这究竟是好还是坏。

🌢 🌢 🌢

对于九个半手指的男孩来说，周一总算来了。他从未像现在这样如此渴望快点去学校。他兴奋不已地看向窗外，希望外面阳光明媚，生怕有任何状况发生而上不了学。他知道今天无论如何都要去，就算暴雨将至，冰雪封路，寒潮来袭……事实上，就算是生病也无法阻止他上学的脚步。

他早早起床，洗漱完毕，穿戴整齐，就径直朝厨房走去。妈妈正在那儿给他准备早餐、午餐，以及他所需要的一切东西……因为想以这种方式来弥补那些年的过失。

而爸爸，几乎见不着面，整天忙于工作，即便在家，父子间也没什么对话。对于爸爸而言，心里的愧疚感束缚了他的行动；对于儿子而言，他也早就已经习惯双方间这种缺少言语以及感情的相处方式。

他激动地拿起书包，为了不使爸爸妈妈起疑而小心掩饰，这样也就能省去一番解释。

他拿起发了一整个周末短信而又未收到任何回复的手机。“懦夫。”他心想。

上学的路上他边走边笑，虽然明明知道这次肯定考砸了，但是没关系，现在有了新的更让他充满期待的事情在前方等待着他。

那天早晨成为之后很多个我带着恐惧走出家门的开始。我穿过公园，远远地就用目光找寻着萨罗。我一到，他就问起手机的事。

“你怎么了？为什么整个周末都关机了？”

“是的，我有点儿不舒服，肚子疼……手机没电了，我也就没充。”我向他撒谎道。

“你脸色确实不太好，真的。”他说，他的这句话让我感到更糟了。

他还问我在考试中是否和 MM 发生了什么，我说没有。

“好吧，但是你要小心那家伙。他是那种把谁都不放在眼里的人。”

没过几分钟，我们就和琪莉会合了。她一看见我就给了我一个微笑，这使我高兴起来。仅仅就这一个微笑，就算没有表情包，没有亲吻的笑脸，没有紫色的爱心，也足以使我高兴起来。

我们一路走到学校，进入大门后我又开始环顾四周试图找到他，可是没有，这让我变得更加紧张了。

🌢 🌢 🌢

那个早晨成为之后很多个九个半手指男孩怀揣新期待走向学校的开始。

不一会儿，他就和朋友们在小广场会合了。

“他回你短信没？”

“没，一条都没有，我怀疑他可能连看都没看。”

“懦夫。”

“是的，他就是个懦夫。”

他们早早就到了学校，比往常早多了，然后藏到一个拐角处，远离人群，在那里可以纵览一切而又不易被人发现。

他们看到他了，是的，看到那个后来学会隐身但现在却是最先被看到的男孩了。

MM 察觉出他很紧张，他发现他不住地四下张望，也意识到他紧紧地跟着自己的朋友……他嗅到了一丝恐惧的味道。

恐惧，对于 MM 这类人来说就像汽油一样，有了它机器才会运转。

也许，如果这个未来会隐身的小孩表现出另外一种无畏挑衅的态度；如果他看上去更加自信，更加平静……MM也不会感到如此兴奋如此高兴，但现在在他身上流露出的只有恐惧。

我内心忐忑，害怕无比地走进教室，看向他的桌子，他还没来。我坐在第二排，和他相隔三排的座位上，暗暗发誓不管发生什么事儿，一整节课都绝不能转过头去。

老师进来了。

好巧不巧，周一早上第一节恰恰就是数学课。我祈祷着卷子不要那么快改完，这样至少暂时就不会公布分数了。

“好了，孩子们，考试成绩已经出来了。”老师开口说道，“为了能让你们尽早知道自己的分数，整个周末我都在加班加点地改卷子。总的来说，大家像往常一样，考得不是很理想，甚至可以说是太差了。”

四下响起了笑声。

“尽管也有例外。”他继续说着，然后从公文包里取出试卷。

我的卷子就在那里，就是那个例外，那个该死的例外。

他开始大声报读分数。这个行径使我感到厌恶，而他却乐在其中。如果在这个世界上有什么最能让他高兴的事儿，那莫过于嘲笑自己的学生了。

“2 分，3.5 分，4.5 分，6 分，5 分，1 分……”分数一个个地被报了出来，轮到 MM 的了。

“1.5 分，1 分是因为你还知道写上名字，0.5 分是我送你的。”随着话音落下，班里的氛围瞬时变得尴尬起来。在这种情况下绝大多数同学都不知道该怎么办：是搞气氛继续跟风嘲笑班里最恃强凌弱的人，还是闭嘴不语以防他会误会你是在嘲笑他。

更多的分数，更多的不及格……直到念到我的分数。

“10 分，一如既往地发挥稳定，太棒了。大家都要向他学习。这位同学一定前途无量。”他说。

顿时教室里响起了口哨声、嘘声……我不敢转头看 MM 的脸，但是能想象得到。我从没有像此刻一样想在大家把目光都投向我时消失不见。

突然，在老师正继续念剩下的分数时，一个纸团砸向了我的后背。紧接着无数的纸团从四面八方飞来。我没有转身，因为我知道是谁扔的。

后来我无数次回想起那个瞬间，想着如果我当时能勇敢一点立马起身，走向 MM 的座位给他一拳重击又会是怎样的结局呢？肯定一切也就到此为止了，也不会有更多的纸团向我砸来。

但是我没有那么做。因为那么做需要丧失自我，需要拥有我所不具备的勇气。

下课铃响了，我又浑身紧张起来，快速搜寻着琪莉和萨罗的踪影，好能跟他俩待在一块。

就这样我们三个一起走出了教室。

🌢 🌢 🌢

这一分半好像当头一棒砸在MM头上。尽管他极力掩饰，在大家面前假装满不在乎，因为他知道虽然自己不及格，但这反而会让他在班里更受欢迎，更受尊敬，更令人畏惧……但内心深处他还是感到说不出的沮丧。每当夜深人静，独自一人时，他有时也会陷入沉思，埋怨自己为什么不能再聪明点儿，为什么总是班里最笨的、最坏的，又是人缘最好的、最帅的、最强壮的……当然这些从本质上来说对他都没有什么用。

因此他用暴力来补偿从未向任何人坦白的这一弱点，至少到现在为止都是奏效的。用怒火来填补无能，将怨气都撒在那个考试满分的孩子身上。因为他身上有着他所不具备的品质和能力，就像他挥舞拳头时无人能敌一样。

因此，为了发泄这种深入骨髓的怒气，一下课他就冲到广场上，去找那个胆敢跟他说不的男孩算账。

随着报复时刻的来临，他体内的怒火也一点点在不断积蓄。

我和琪莉、萨罗还有班里的另外两个女生来到了广场上，站在我们的老地方，喷泉旁边的一个角落里。

那天，我试图站在他们几个中间，就好像他们是盾牌一样可以保护我不受伤害。

但是，有时候该来的总会来，想躲也躲不掉。

我们连早饭都还没拿出来，MM 和两个男孩就出现了，他们径直朝我走来。

“你居然敢跟我说不？”他生气地说。

“什么？”我弱弱地问。

“别装蒜，你知道我指的是什么。你考试时为什么没把试卷传给我，白痴。”这句白痴从他嘴里冒出来仿佛更具杀伤力。

“这是作弊，我们会被发现的……”我借口说道。

“不，才不会，是你不想，你不想让我看你的卷子，蠢货。”

“不，不是的，我们会被抓的……”

“抓住你的人是我。”说着他推了我一把。

这一推并不重，我的身体只是轻微摇晃了一下，但这就足够了。

因为对于我来说这是一种不知该如何面对、如何处理的局面；而对于他来说，看到我没有还手，他知道自己还可以继续。

“喂，喂！你以为你谁啊？”琪莉大喊道。

“呀，没想到你还有个守护者呢。”他揶揄着说。

趁我没注意，他倏地一下伸长了胳膊，一把夺走了我手上的三明治。

“让我们看看这里头夹的是什么？”他后退几步笑着说。

我们都在等着。

“唦，金枪鱼，我不喜欢。”说着就把三明治扔到了地上。

他直勾勾地盯着我的眼睛，想看看这下我又会做何反应，但当看到我仍然一言不发时，随即抬起脚又用力地踩了上去。

他就这样站在那儿，在我面前，面带微笑。而我则呆呆地，一动不动地看着地上被踩得稀烂的三明治。

几秒钟后，我感觉身体里发生了些变化，而这些变化我无法控制。

三明治

受惊吓的男孩不知所措地看着地上的三明治，他突然意识到真正的暴力确实是存在的。他指的不是那些被人熟识的，天天在电视上播放的，离自己很遥远，发生在别人身上，别的地方的暴力……而是此时此刻就在身边上演的。

此外，他还发现了暴力的另一面，那从未被人提及的一面：冷眼旁观却不作为的一面；那些前来围观却无人干预的一面；那些在一场打斗中只知道打开手机拍照摄录视频并在事后炫耀的一面；那些在一场事故中什么都肯做就是不愿上前提供帮助的一面；那些面对不公却熟视无睹的一面。

在发现暴力的两面性后，他又重新低下脑袋看向那个三明治，他知道在地上的不仅仅是个被踩得稀烂的三明治，还意味着很多东西。在那里浓缩着他的整个世界：爸爸每天下班后疲惫的晚归，妈妈每天打扫别人房子而赚取生活费的早起；那个三明治里还包含了多少个想去而没有去成的郊游，想买而买不了的新款鞋子，想玩而玩不了的游乐场，想看而看不了的电影……在那儿，在地上的，是他生命的一部分，是全家人努力拼搏好好生活的努力和艰辛。

就在那儿，在那块夹着金枪鱼的两片面包里。

也许就是这个三明治，使得一个从未使用过暴力的人突然强烈希望自己能在此时此刻变身为绿巨人浩克。他被愤怒和仇恨充斥着，渴望进攻，渴望反击，渴望把眼前的敌人撕成碎片。他感受到血液开始在身体里涌动，幻化成一把把利刃想要破壳而出。

他不知道该如何疏散这股暴力，如何将体内那团怒火发泄而出……复仇情绪的无处宣泄最终使他身体内部发生了改变。

就像无法缓解的感染，他的皮肤开始泛红，脸上的血管开始肿胀，手掌因为攥得太紧而变得发紫……

他，尽管看不到，但却能感受到自身的所有这些变化，觉得自己真的正在变身成为浩克。

然而别人眼中看到的他，却是另外一副样子。

那个刚刚当着所有人的面生命被人践踏的男孩开始浑身发红：耳朵，脸颊，甚者是鼻子，整张脸都变得无比通红。手掌，指头，大腿开始发痒……他感受到体内有一股想要将他烧焦的灼热感。他不知道，这是因为愤怒想从体内奔涌而出，但脑子却在极力控制所造成的结果。

这场表演引起了他的敌人以及在场所有同学的哄笑。

“看呀，看呀，他像是一个炸裂的西红柿！看呀，看呀，一个超级西红柿！”MM 在广场中间大喊着。

他的叫喊声引来更多同学前来围观。男孩开始冒汗，因为恐惧和愤怒止不住地颤抖。他本可以冲向 MM，朝他脸上、眼睛上挥舞拳头，将他扑倒在地，用脚踹得他满地找牙……但是当意识到自己没本事做出任何反击时，他跑着向卫生间的方向逃去，一连串的笑声在他脑后回响。

他走进卫生间，看向镜子，竟然认不出镜中的自己。

他知道当自己感到紧张恐惧的时候，身体会做出反应：全身通红，但从未像现在这样过。

他洗了洗脸，钻进厕所，坐在马桶上，试图平静下来。

他情愿在那儿待上一会儿，几个小时甚至几天……但是他知道不管怎样，最终还是得出去面对，不光要去面对广场上的一切，还要去面对整个世界。

🌢🌢🌢

从那天开始，我的手机上就不停地接收到各种各样的恶搞图片，把我的脸修成西红柿的样子，像是一个红色的浩克，或者一个身体肿胀的怪物。问题是我无法控制住整个局面，这些图片在同学中传来传去，而我什么也做不了。

接下来的几天，有人开始往我书包里塞杂七杂八的东西：有时是一张气球脸的图片，有时是一张绿巨人的照片，有时甚至还有腐烂的西红柿。

那天为了解释弄脏的书包，我跟爸爸妈妈撒谎了。我说那是因为我做的西红柿三明治没裹好才……

有时，我早上走进教室时，会感受到很多同学的目光在我身上游离，紧接着就是窃窃私语以及此起彼伏的嘲笑声。一开始我不知道为什么，但是渐渐地，我明白了这意味着又有某个关于我的传言、笑话、视频或者照片在同学中流传。

最让我不解的是大部分嘲笑我的人甚至不认识我，而且我被羞辱的那天他们也都不在场。他们嘲笑我没有什么别的原因，纯粹就是想跟风随大流。

而课间休息时……抢我的三明治已经成了一种习惯，一种每天的固定节目。总有人期盼着 MM 朝我走来，欺负我的那个时刻。

他这样做是为了看看我是否会像第一天那样变得全身通红，因此每次都变本加厉，用更大的劲儿，更多的污言秽语招揽更多看客来看我是如何被羞辱的……我一再忍让坚持，直到某个临界点再也忍受不了时，全身就又会肿胀发红起来。随之而来的就是更多的嘲笑，视频，书包里被塞得乱七八糟的东西……

有时候他把我的早餐抢走扔到地上，心情好的时候则会把它们吃掉……

每当他这么做的时候我就会情不自禁地想到爸爸妈妈，想到他们辛苦地工作，想到他们如果知道自己的儿子在学校里是这么懦弱，连自己都保护不了，任由别人每天把早饭抢走时会如何反应。每当这时我就无地自容、羞愧万分。

于是我从那时起，就开始把三明治越做越小，里头夹的东西也越放越少。

“你为什么任由他胡作非为呢？”琪莉问我，她朋友问我，我的一些同学也问我。

“那你们为什么不站出来帮帮我呢？”我心想。

“或许，什么都不做才是最明智的。兴许过一阵子就没事了。”萨罗说道，他不想过多地搅入此事。

“嗯，无所谓了，只要他高兴……”我回答道。

“但是这样只会让他肆无忌惮，你不反抗，他是绝对不会罢手的。当他厌倦了抢你早餐时就会想要别的东西。”琪莉跟我说。

到后来我也麻木了，不管他怎么推我，怎么骂我，怎么抢走我的早饭，我也无动于衷……事实上最让我痛心难过的，是每当这一切发生时琪莉总在我身旁看着这一切。

因此为了她，为了爸爸妈妈，为了我自己，为了我那不知如何发泄的怒火，我想到了一个计划来彻底了结此事。一个或许有些过激的计划，是的，因为它的后果可能会是致命的，但是我不在乎，已经管不了那么多了。也许当仇恨深入骨髓时，头脑就无法按常理出牌。

我不会再一味地忍让了，每当他抢我早饭时我都在心里跟自己默默地一遍又一遍地说着。对，我不会再忍了，我用眼神告诉他的同时努力回想着妈妈把老鼠药放在了哪儿。

决定实施计划的那天早上，爸爸妈妈上班后我偷偷溜进了储藏室。那里摆满了妈妈存放的各种清洁用品、消毒器具、空气清新剂……翻箱倒柜一番后终于被我找到了。

我切开面包，拿起榛子巧克力酱把它和老鼠药拌在一起，均匀地涂抹在上面，并用锡纸小心翼翼地包裹好后装进书包。

那天我兴高采烈地出了门，和萨罗还有琪莉会合时都不自觉地露出了久违的笑容，步法是那么轻盈，在朝学校走的路上也丝毫没有考虑过这样做会带来的后果。

有可能他吃下去没什么事儿，有可能会消化不良，也有可能……我也想到或许会有其他别的可能：比如他发现味道不对，知道我在骗他而更加猛烈地报复我。这样的话很有可能他会强迫我将它吃下去。也可能他没什么胃口，只是抢走三明治，把它扔在地上。

一路上我想了很多种可能性，但是最后发生的事儿还是出乎我的意料。

在背上砸来的纸团、教室里的笑声、同学们各种意味深长的眼神，还有我连看也没有看的短信中，下课铃响了。

我拿着三明治紧张不安地走出教室，期盼着他赶紧过来，在等待中缓慢地打开包裹在上的锡纸。

“西红柿先生，今天带的是什么美味可口的早饭啊？”这是他自第一次羞辱我后给我起的外号。“看看它是否合我口味……”

像往常一样，他说着就一把夺走了我手中的三明治。

“嗯，榛子巧克力酱，我喜欢，别忘了跟你妈妈说声谢谢。”他笑着说。周围越来越多围观的人也跟着一起笑出声来。

他揭开锡纸正准备大咬一口，就在三明治已经放进嘴里的瞬间，意料之外，不受我所控制的事情发生了。

不是我，我发誓，不是我干的，是我的头脑在没有接到任何指令的情况下控制了我的身体。这应该就是所谓的下意识吧。

或许超级英雄最令人觉得不可思议的特点之一，就是在同恶势力的斗争中，即便已经将敌人打倒在地也会竭尽全力去挽救他。

于是这个在三明治里下药的男孩，出乎大家预料地猛然扑向MM，两人应声落地，三明治也摔成了两半散落在旁。

片刻间，周围都安静了下来，那是一种出其不意后英雄觉醒时的安静……

在这样一种奇怪的形势下主人公的角色不知不觉发生了互换。一直以来英雄为了保护自己而没有被激发出的勇气在挽救敌人的那一瞬间被唤醒了。

但是最初的震惊只是一晃而过。

MM 站了起来。

众人纷纷掏出手机准备就绪。

想要看看这位很快就要变回克拉克·肯特的超人会怎么样？这位逞一时之能的英雄在意识到自己的所作所为后，会变回那个一直以来的无名之辈吗？而那位大反派在突如其来的插曲后还能重新掌控局势吗？

MM 看向四周，人们都拿好手机等待着报仇大戏的上演。他一脸愤怒地朝他走来，一手掐住他的脖子，准备用另一只手给他的脸上再来一拳重击。因为他不能忍受不战而败，也不能让观众们失望而归。

就在他的拳头蓄势待发之际，一位老师叫喊着赶来。

“怎么了，怎么了？”她一边急忙将两人分开一边问。

“没事儿。”

“没事儿。”

就这样一场复仇以战争的推迟而暂时告一段落。他们俩都不知道的是，三明治里老鼠药的剂量足以造成无法挽回的局面。

MM 气急败坏地回到了教室，盘算着如何开展新一轮的报复。

西红柿男孩全身颤抖地回到了教室。他想起了最喜欢的《蝙蝠侠》电影中的一句话：“要么像英雄一样死去，要么活着见证自己变成恶棍。”他知道自己是英雄，因为他刚刚救下了一条生命；但同时，他也知道自己是恶棍，因为他差点儿亲手扼杀了那条生命。

从我救下他的那天起，我在校园里的生活每况愈下：走廊里的推推搡搡，进出教室的磕磕绊绊都成了家常便饭……但是一切都在暗中悄悄进行，所有人都假装什么也没看到。

在教室里，我已经习惯了同学们朝我背上扔东西，起初只是一些纸团、橡皮、粉笔、口水……但后来愈演愈烈，甚至会向我投掷一些危险物品：比如铅笔、圆珠笔、金属转笔刀、小石头……尽管这样，我也从不回应，从不反抗。

MM 最喜欢的是在众人面前欺负我，让我被大家嘲笑，这样他会觉得自己很强大很厉害。

有时候我也会反思，觉得在自己身上发生的事情可能都是咎由自取，谁让我这么懦弱不敢还击。

我以为什么也不做，不反抗，最终他会因为没意思而放过我。但是事实正好相反。

我记得一开始这些行为只局限在学校：教室里，走廊上，休息时……在校外，大街上他们还没有对我动过手，因此后来发生的事儿让我始料未及。

那天我和萨罗、琪莉一起放学回家。走到空地时，我几乎看也没看只是说了声再见就和琪莉告别了。紧接着，几分钟后，萨罗也走了。

回家的路上我们几乎总是安静地走着，从不谈及在我身上发生的事儿。我觉得他们不敢谈起这个话题是害怕伤害到我，让我难过；而我宁愿什么也不说，好像只要不说出口，事情就不存在。我需要忍受的已经够多了，不想再谈起任何关于此事的一切。

那天，我和萨罗像往常一样，在超市拐角处分别，各朝各家走去。当我穿过公园时，意想不到的事情发生了。

他们从树后窜出，将我团团围住。我连反应的时间都没有，一动不动，束手就擒。我想他们估计也很意外这么轻松就把我拿下了。

MM 站在我面前，开始大笑起来，辱骂、推搡也随之而来。与此同时另一个同伙用手机拍录着视频。他不停地推我，一下，两下，三下，四下……直到我抵挡不住，摔倒在地。他们夺过我的书包，把里面的东西全部倒了出来。不住地嘲笑声充斥着一切。围观的人越来越多。

“三明治的账还没跟你算完。”说着，MM 就笑着离开了。

公园里，一位男孩跪在地上，默默拾起散落一地的东西：书本、文具盒、书包，还有他的自尊心……

他背上书包看向四周，希望没有人看见。在他看来，丢人比拳打脚踢更让他难过。可是偏偏事与愿违，很多附近来来往往的人都看到了，但是没有一个人出手相助，没有一个人走上前来问他有没有事。所有人的目光都集中在这个自尊心被摔落一地的男孩身上，但就是没人站出来为他做点儿什么。

“明天肯定还会继续的。”他心想。

他拖着重重的身子走到家门口的那条马路上，但并没有回家，而是朝左一转，继续向上走了两个街口，路过一个小广场，窜进一条尽头有道低矮围墙的小巷子。

他四下看了看：没人。

于是纵身一跃朝他的避难所——秘密基地走去。这个地方是他多年前就发现的，只是最近去得比较频繁。

他把书包扔在地上，独自坐下来，好让自己慢慢适应这里昏暗的光线。

自从考试事件发生后，他已经去那里待了好几个下午。这是他唯一能找到些许平和，唯一能肆意发泄的地方。在那儿，他可以放声大哭大叫，将心底的怒火一泄而出。但他只能在特定的时间这么做。他看了看表，还有十分钟，于是拿起粉笔在墙上写下一连串的名字。这是一份时长时短，能决定一切，甚至是他命运的名单。

他等待着那个时刻的到来。

又看了看表：只剩两分钟。

他把粉笔放到地上，转了个身，向前走了几米。

接下来的十秒钟他用尽全力大喊起来，直到嗓子冒烟，直到发不出声，喘不过气。

他深吸一口气，缓缓地靠在墙上，坐在书包旁。这下感觉好多了。他知道自己需要以某种方式去发泄，好让体内看不见的东西排解出来，不然身体会憋炸。

他捡起书包，背在身上，跃过围墙，开始朝家的方向走去。如果能赶在爸爸妈妈前面回去就不用告诉他们自己去了哪儿，否则还得编个理由：去图书馆了，和萨罗约着学习了，到公园去了……

那天回到家，男孩会和家人一起吃晚饭并假装什么也没发生。

睡觉前他会亲吻爸爸妈妈，给妹妹一个拥抱。他的妹妹，像往常一样，会和他一起睡觉，有时是因为想听故事，有时只是单纯地想要有人陪在身边。

就在那张床上，他会给妹妹讲述一个梦想拥有超能力的男孩的冒险故事；就是在那儿，在夜深人静时，他会将自己的经历和情感假装成故事讲给妹妹听。

当她睡着时，他会亲自把妹妹抱到她的小床上，这样就能再次一个人待在这间日渐散发浓郁悲伤气味的房间里。

他会上床回想白天发生的事情。他知道喊叫只能带来一时的缓解，但是最痛苦的时候总是在晚上，当一切都沉寂下来时，所有的声响都迫不及待地想从身体里逃散出来。为了不让家人听见，每当这时他都把头深深地埋在枕头底下，把心底的难过、心酸、委屈，都一股脑儿地全都释放出来。

紧接着，他会像每天一样，为了发泄随之而来的愤怒，一拳一拳地重重砸在床垫上，将指甲掐进胳膊里，被自己痛哭时的口水所噎住……直到声嘶力竭，筋疲力尽。他会想起明天的文学考试，一场他还什么也都没有复习的考试。

他躺在床上看向三米之外书桌上摆放的课本，但是已经累得没有足够气力起身去拿。

第二天早上，我突然惊醒过来：7点03分。还有不到一个小时的时间能拿起书学习一会儿。我翻开课本，快速阅读学过的章节。

我一直学习到爸爸妈妈都出门去上班，然后快速穿戴好衣服，早饭也没吃就急匆匆地出门了。

我到了学校，什么也没发生，也没人来找我麻烦。

接着考试就开始了。一方面我没能好好复习，另一方面也不想作答，几乎什么也没写就交卷了。

那个周五我一回到家，关上卧室门，就情不自禁地高兴起来。因为我将有整整两天时间可以不用去学校，可以做这几周以来一直在做的事儿：假称有很多功课要复习，而实际上什么也不学。

最近我什么也不想干，光想看漫画，一本接一本，一天接一天。我最大的愿望就是有一天能够变身为超级英雄，获得某种能干掉MM的超能力。

我认为每个超级英雄都有他的对手，而我的对手就是他。但我始终觉得打斗不应该成为解决问题的最佳方法，然而我也还没能找到其他能打败他的能力。

那时我还不知道的是，很快，就在下周，害怕的人就会变成他们。

好吧，眼下是周五，我还有整个周末的快乐时光。是的，只要我关上手机，不看社交网络，不看邮箱，不和别人联系，远离一切……

在郊外的一间小公寓里，老师开始批改早上刚刚考完的卷子。由于她周日有约会，就想趁早改完，这样周一就可以公布成绩了。

现在是周五晚上 11 点钟，她已经改了二十份卷子，喝了五杯咖啡。她站起身，走了几步活动活动筋骨，看了看手机，重新坐回到椅子上，喝了口咖啡，准备接着改下一份卷子。

刚改了不到两分钟，她发觉有点不对劲儿。她能辨认出每个字母，每个笔画，尤其是那个极具特点的 S，紧凑却又清晰易读的文字……然而却又不知所云。卷子上的答案只有寥寥几笔，这也不太正常。

在改完第一道题目后，她翻到首页重新确认了下姓名："怎么回事儿？"她自言自语道。

她继续往下批改，但是越来越糟。

最终她把总分写在了卷子上：4 分，不及格。

不及格，这个单词就像一块砖一样砸在了她的头上，更甚的是砸进了她的脑子里。这个单词唤醒了到目前为止一直在她背上沉睡的巨龙。她感到一阵寒战穿过身体，从臀部直至颈部，顿时感到害怕起来。

她摘下眼镜，颤颤巍巍地站起身来：她知道巨龙很少会醒来，但是一旦醒来就很难再次沉睡。

她朝着卫生间走去，脱掉衬衣，解开胸罩，转过身去。

那条龙就盘卧在那儿：睁着大大的眼睛看着她，嘴里吐出的火苗儿正在灼烧着她的脖子。

她闭上眼睛。

周围一片寂静。

她转过身去，就这样半裸着走到餐厅，拿起试卷。

“确定要这么做吗？”她问龙。

“是的。”

“那要是被人发现了怎么办？”

“不会被发现的。”

“如果被发现了呢？”

“那就勇敢地承担一切后果。”龙回答道。

于是她按龙说的做了。

龙看上去平静了很多。

她再次走进卫生间穿上睡衣。她知道龙既然醒了就会像往常一样，试图掌控局势。

而这让她感到害怕。

◆ ◆ ◆

胡蜂男孩

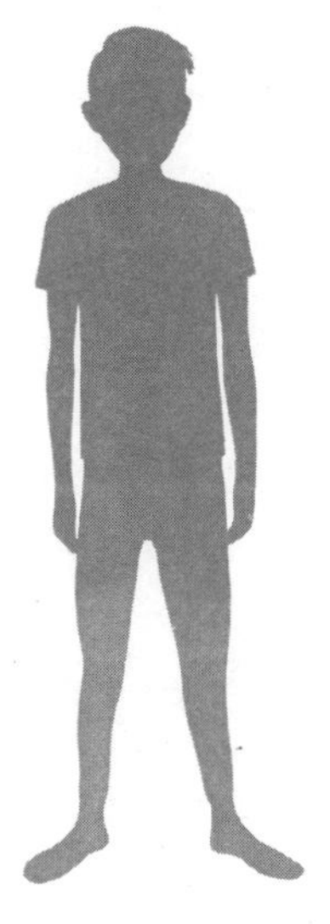

周一发生了件奇怪的事儿。

老师拿着改好的试卷开始公布分数。我一点儿也不想知道自己考了多少分，因为这应该会是我第一次不及格。但是我转念一想，说不定这对我来说反而会是一件好事儿，也许这样那群恶魔就会放过我。

老师按照名单顺序依次念着分数，几乎到最后才轮到我。

“9.5 分。”老师说。

“9.5分！”这不可能，我心想。十道题中我只好好回答了四五道，怎么可能会得 9.5 分……

一早上我脑子里都一直在思考这个问题，左想右想也想不明白这个奇怪的分数到底是怎么来的。肯定是有人动了手脚。

下课时我和琪莉一起相伴回家。因为周一萨罗要踢足球，他爸爸一放学就把他接走了。

因此周一是我和琪莉能单独谈心的日子，要是日后某天我要约她出去那肯定会约在周一。

我俩总是十分珍惜独处的时光，尽情地畅所欲言，开怀大笑，享受时不时在不经意间不带有承诺性质的肢体接触：碰一下小手，摸一下肩膀……但是最近一切都变了，我们俩几乎都不怎么说话了，她看着手机，我看着地面，俩人一路沉默地向家走去。

那天也是一样，一直走到空地处，她还低头看着手机，眼睛都没有抬一下地跟我说了声再见，然后就朝自家门廊处走去了。拳打脚踢，推推搡搡，谩骂口水我都可以不在乎……但我们俩像陌生人一样形同陌路，这让我感到阵阵扎心的疼痛。

我呆呆地站在那儿，一动不动，看着她慢慢远去的背影，还抱有一丝希望，期待她能在进门前转身看我一眼。

可是并没有。

那个一路上假装看手机的女孩朝门廊走去，她知道他正在身后默默地注视着她。她多希望自己在那一刻能够有足够的勇气转过身朝他跑去。

紧紧地拥抱他……

跟他倾诉满肚子的心里话……

但她不知道该怎么做，只是怔怔地盯着门上的锁眼，无可奈何地叹了口气，将钥匙缓慢地插了进去……要是他能知道每天她在暗中偷偷看他的次数就好了。

下一秒她就要转头了，她知道只需一个小小的冲动，整个身体就会随心而去：迈开双腿，大步奔跑，张开大大的臂弯紧紧抱住眼前这个男孩。

但是她不敢。她没有回头，心脏也害羞地躲藏起来。

她打开门，慢慢地走进去，将所有没说出口的话存在心底，也没有怀疑接下来即将要发生的事。

我站在原地，目送她走进家门……正当我准备转身离去时，看到了他们。他们就在那儿，其中两个站在一侧街角，而MM则在对侧，他们也在等待着琪莉回家，这样一来就没有目击者了。

我看向两侧：不管朝哪个方向逃跑肯定都会被抓到。我想到了身后的空地。那片空地非常大，我和琪莉、萨罗小时候经常在那儿玩耍……直到有一天那里不知为什么被围了起来。后来随着年月的更迭，不管是我身后还是朝向另一条街的围栏上都出现了一些破损的洞口。我可以从那儿钻进去，穿过空地，然后从另一侧逃跑。

说做就做，我一秒钟也没有耽搁，立马转身在围栏上找了一个洞口钻了进去。

我用尽全力在废弃的破铜烂铁还有遍地丛生的杂草中奔跑着，直到空地的另一侧。但是眼前的景象出乎我的意料。

围栏被拆除了，转而代之的是一道围墙。

我们有多久没有来过这儿了？至少两年了吧。这里不知道什么时候竖起了一道围墙！

我藏在围墙拐角处高高的灌木丛中，发现竟然掉进了自己亲手挖的陷阱里。如果他们在这儿找到我，那我就只能束手就擒，无路可逃，而他们就可以毫无顾虑地对我为所欲为了。

眼下我唯一的出路就是静静地藏在那里祈祷自己不被发现。

我探出脑袋看到他们已经站在了我钻进的那个洞口前。

♦ ♦ ♦

紧接着他们也钻了进来。

从我的藏身地可以清楚地看到他们，他们来找我了。

当我藏在灌木丛后的时候，不知道为什么开始想象 MM 长大的样子。他会变成什么样儿？会做些什么？我想象到他会打更多的人，或许是他女朋友，或许是他婚后的妻子、孩子。从小殴打他们，只要不如他意。

或许将来在新闻里出现的杀害妻儿的凶手就是眼前这几个人。此时我想到了贝蒂，他的现女友，也想到了班里那些即使知道他有暴力行为以及极强的掌控欲，但仅仅因为他帅气、高大、强壮就为他疯狂的女生。

正当想象着所有这些的时候，一个声响把我拉回了现实：他们朝我走来了。我知道最终他们会发现我的。这片空地没那么大，而且另一侧是围墙。

我开始在四周寻找可以用来自卫的东西，石头、棍子，不管什么，只要能派上用场就行，可是偏偏什么也没有……直到我听到了那个改变一切的声音。

♦ ♦ ♦

身边传来一阵阵的嗡嗡声……我抬头看了看，头顶上方有一只胡蜂。我的想象力、恐惧感以及看过的漫画情节交错在一起，共同引发了接下来所发生的事。

胡蜂飞进飞出的那个洞口大得足够可以伸进一只手。就在那时我灵光一现：如果蜘蛛侠被蜘蛛叮咬后能获得超能力，要是我被胡蜂叮一下或许也能……或许我就能飞，能像昆虫一样快速移动，还能给别人体内注入毒素……屁股上长着巨大的有着非凡力量的刺能将前来追赶我的恶魔刺翻在地。

我从没被胡蜂叮咬过，估摸着可能跟被蚊子叮咬差不多，顶多稍微严重些。

我知道自己的藏身地很快就会暴露，我得抓紧时间……于是没再多想，立即站起身来，毫不犹豫地将手伸进胡蜂窝里。

♦ ♦ ♦

他手刚一伸进去就被叮了一口，像是被一根灼热的针刺了一下。紧接着第二下、第三下，随后就再也数不清了。

他赶紧缩回手，但是胡蜂也紧随其出，爬满了他的手臂、胳膊，围着他的头不停地旋转飞舞，直至将他团团围住……

他只感受到疼痛，这种疼痛瞬间布满全身，但是右手更加严重，整只手已经没了知觉。

他大叫着从空地一侧跑到另一侧，不知道怎样才能终止这一切。

他的叫喊声让他彻底暴露在前来追赶的恶魔面前。他们也愣住了，不知道发生了什么，于是静静地看着眼前的这出好戏。

然而很快他们也成了这出好戏的主角。因为男孩不知道该如何消解疼痛，一睁眼儿就看到他们在那儿，在他面前。积聚已久的愤怒一下喷涌而出，于是立即朝他们跑去，挥舞着右手不断拍打着眼前的这几个恶魔，想以这种方式减轻自己的疼痛。

他们见状急忙从进来时围栏上的那个洞口逃了出去。胡蜂男孩追了上去，弯下腰，穿过围栏，摔在人行道上。在失去意识的那一瞬间，他眼前闪过一个画面，那是他写在秘密基地墙壁上名单的一部分。

我被送进了医院，需要留院观察一天，身体也已经开始慢慢消肿。那是一种奇怪的感觉，皮肤像是纸板一样僵硬。我动了动右手手指，黏黏糊糊，感觉上面像是沾满了胶水。情况还挺严重。我听到医生跟妈妈说再晚一点儿我可能就要没命了。基本上我的整个身体都因蜂毒而肿胀着。

事后，当我第一次照镜子时才意识到，自己在不经意间真的变成了绿巨人。

医生跟我说我身上实际的咬伤并没有很多，最终只找到五处。但由于我的身体对蜂毒过敏所以才会这样。

好吧，这是医生给我的解释，但我知道这不单单是因为过敏，而是蜂毒以某种形式改变了我的 DNA。过不了多久我的身体就会发生改变而获得超能力，只是现在还不到时候。

爸爸妈妈问我发生了什么，我编了一个连自己都不相信的故事。我说我去空地上找东西，把手伸进了不应该伸的地方，然后……最近我一直在编造各种谎言欺骗他们。

因为这起意外，接下来将会连续几天不用见到那些恶魔，这使我感到开心。那时我没有想到的是，后来来探望我，钻进我家卧室和床上的恰恰就是他们。

胡蜂男孩不知道的是当他被叮咬得跑来跑去，疼得失声大叫时，其中一个恶魔用手机拍着视频将这一切都记录了下来。

他也不知道在自己被救护车送往医院的路上，这段视频像病毒一样在 WhatsApp，Facebook，Instagram，YouTube 等各大网络社交平台迅速散播开来。

上千人在手机上、电脑前，看着这个被胡蜂包围的男孩是如何四处逃窜试图摆脱它们的。这段视频也无法被审查，因为没有凶手就没有犯罪，画面中只能看到当时男孩惹人发笑的痛苦神情。

这不光引来男孩同学的嘲笑，很多父母和他们的子女在看到这个孩子不受控制地四下奔跑时也忍不住发出阵阵笑声……

奇怪的是没有人——不管是孩子还是成年人提出疑问。视频拍摄的这一分钟里，为什么没人去帮帮他。至少有一个人，那个手持相机的人，可以伸出援手……这个事实让人不解又感到可悲。社会上有那么多的恶魔，有实施恶行的，有冷眼旁观的，有驻足嘲笑的，还有录制视频的……

就在这时，这段分分钟就遍布整个社交网络的视频……被发送到了一部特别的手机上。

🌢 🌢 🌢

这部手机在一只戴着一百个手镯的手上震动着。她没有笑，恰恰相反，她因心底的那股愤怒感、无力感而哭泣。这种疼痛是当你爱的某人受到伤害时所自发涌现出的。

她知道发生的事情，也知道这段视频是在哪儿录制的，何时录制的……

她为什么没有转头？

为什么没有回到他身边？

这么多的为什么在脑子里挥之不去，深深的自责感、悔恨感不断地在折磨着她。

她不知道该怎么去帮助他，也不知道该怎么告诉他她的真实想法……她想了一下午终于想到了一个主意。

返校

在家休养了一个星期后，我不得不重返学校。我用尽各种谎言试图推迟返校日期：比如不是说这儿疼就是说那儿疼，或者在从床上起来时假装头晕……但是种种的努力最终只换来令我不快的各种询问，最后我还是招架不住，决定回去上课。

我没有告诉任何人就做出了这个决定，萨罗和琪莉都不知道。那天我出发得比往常都要早，并且走了一条和平常都不一样的路，既没有经过公园，也没有路过空地。当离学校还有五十多米的时候，我藏在了一个车库门旁，从那儿我可以不被发现地观察一切。

上课铃响了，我等到同学们几乎都走进校门后开始奔跑起来，在围栏关闭的一刹那冲了进去。我觉得自己从没有像现在这样跑得这么快过，肯定是因为胡蜂叮咬的结果。

接着我又顺着走廊继续奔跑，在拐角处，两个储物柜之间，等待着老师，当他走进教室就要关门时，冲了进去。

班里的同学们看到我和老师一起走进教室，顿时鸦雀无声，像是见了鬼一般。

我在自己的座位上坐下，看了一眼琪莉。她冲我笑了笑。

返校的第一天没发生什么特别的事儿：没人朝我扔东西，没人抢我的三明治，也没人推我……这种相安无事是因为每当对我造成重大伤害后的三四天里大家都会相对比较收敛。

当看到胡蜂男孩和老师一起走进教室时，九个半手指的男孩吓坏了。一时间他想到了最糟的可能，他肯定是去向老师告状了，他们是来向他问责的，但是事实证明他想多了。胡蜂男孩走到自己座位上坐了下来，而老师则开始讲课。他头脑中想象的情况一个也没发生。他松了一口气。

尽管如此他还是决定暂时按兵不动，因为他不知道胡蜂男孩是否跟他爸爸妈妈、某位老师或者校长说过什么……也不知道在医院时是否有人询问他发生的事情……又或者视频被某些不应当看见的人看见了……

这就是他一直以来实行的战术：首先发起进攻，然后等待对手出招，如果对手没有任何反应，那就发起新一轮更加猛烈的攻击。如此这般循环往复，到什么时候为止呢？他自己也不确定。

说实话，有时候他也不知道为什么要这样做：为了吸引目光，树立威信，补偿因为复读而带来的自卑，还是掩饰对胡蜂男孩的嫉妒……

有时候，当他一个人待在房间里的时候，常常幻想着自己考了最高分，发现了某个重大事件，发明了某了个让他出名的东西……可是往往飞得越高摔得就越惨。当他回到现实生活中，躺在床上，想到自己比同班同学都大两岁时，各种情感接二连三地席卷而来，攻击着他无法控制的大脑：愤怒、仇恨、嫉妒、恼火……

就在这场龙卷风一般的情绪狂潮中，他问起了自己那些永远也不愿触及的问题：为什么在家里从来没有人亲吻他？为什么妈妈一声不吭地做着所有他要求的事儿？为什么没人问他有九个半手指是什么感受？为什么夏天每当他在家里赤着膀子时，爸爸妈妈无法直视他胸口上、心里的那道伤疤……尤其是为什么爸爸从来不跟他谈谈多年前发生的那件事儿？

这是最让他难过，最使这副实际上还只是个孩子的身躯感到受伤的地方。有时候他也会因为发生的事情憎恨爸爸，有时候又不，还有时会因为后来发生的事情埋怨他。为什么爸爸对他如此疏远，为什么从不坐下来和他聊天，为什么从不带他去旅行、看电影、听演唱会、吃东西……就他们两人，互相倾诉心底埋藏的悄悄话……

但是九个半手指的男孩不知道的是，他爸爸没日没夜地工作不仅仅是为了赚钱养家，更多的是因为他不愿意去直面现实。不跟儿子交流，不一起去任何地方……也只是因为他也不知道该如何面对发生的事情。他认为唯一的办法就是拼命工作，把赚到的钱都拿回家好让儿子得到任何想要的东西……当然，除了那些金钱买不到的……时光。

然而恰恰就是这些得不到的时光，使这个孩子将怒气撒在床上、枕头上，撒在一切挡在他面前的东西上……有时甚至是他自己身上。

就这样相安无事地过了一天，两天……但是从第三天开始，一切又恢复了老样子。有时，当我走进教室时，会有人故意伸腿把我绊倒在地，紧接着就是嘲笑声或是寂静一片。但是无论是哪种情况都会让我感到受伤。有时在走廊上会被人推来推去，课间休息时会挨打，书包里的东西会被翻得乱七八糟扔在地上……

我寄希望于蜂毒能发挥作用，赐予我某种能战胜敌人的能力：超级力量、超级速度、超级视力、超级听力、超级某某……但是眼下唯一发生的就是什么也没发生，MM 和他的狐朋狗友们愈发猖狂，对我愈发暴力。

比如在教室里，一开始只是向我扔粉笔头、橡皮或者纸团，但是慢慢地会向我扔一些更具杀伤力的东西。他们的目的是要让我疼得喊出声来，让我在全班同学面前出丑。于是为了不让他们得逞，我每一次都咬紧牙关，忍着疼痛不叫出声来，可是有时候还是忍不住。就像有一次，他们朝我扔了一个金属转笔刀，速度之快，力气之大，刀片划破了我的皮肤；还有一次他们扔了一块石头，伤口的结痂过了好几天才掉。但是到目前为止老师还都蒙在鼓里，毫不知情，直到那天的英语课上。

刚开始上课没多久，我就感到有人朝我背上扔纸团。

紧接着是班里所有恶魔的笑声，沉默声。

然后是另一个纸团。更多的笑声，沉默声。

接着扔来的是一个稍稍偏硬的东西，一截粉笔，扔在了我脖子的位置，这次就有点疼了。

笑声，然后就是接踵而至的粉笔头。

几分钟后……

“啊！”我喊道，喊得声音很大。

有人朝我使劲儿扔了一个非常坚硬的东西，我一度以为是一根标枪，深深地扎进我的肉里。

“怎么了？”老师问。

没人应声。沉默。

他继续在黑板上写着板书。

我看到在旁边的地上有一根金属圆珠笔；刚才应该就是这个扎到了我。

就是在此时此刻，我第一次感受到了蜂毒的作用，因为接下来发生的事情超出了我的控制。

我鬼使神差地慢慢弯下腰，捡起笔，转身使劲儿朝 MM 扔去。

我身体里的某些物质发生了改变。我敢起身反抗了，但这肯定不是我，而是胡蜂干的。

然而 MM 躲开了，笔砸到了他身后坐的女孩贝蒂，也就是他女朋友身上。

“啊，啊，啊！”她夸张地叫喊着。

老师中断了讲课向我们走来。

贝蒂毫不犹豫地立马向老师告状，说是我向她扔了一支笔。

事实上那支笔只是砸在了她的肩头，并没有造成什么伤害。尽管砸到她那儿也不是我的本意。

老师像往常一样说道：“好了，都别闹了，到此为止。”然后就回到讲台继续在黑板上写着板书。

我重新坐回到座位上，心里的怒火熊熊燃烧。我握紧拳头试图冷静下来。因为我知道此刻我肯定又开始浑身发红了。

“西红柿，西红柿！”从教室后面传来有节奏的起哄声，接着是教室里所有恶魔的嘲笑声。

“超级西红柿！”又有人喊道，更多的嘲笑声。

课堂就这样在乱糟糟的氛围中继续进行着，几分钟后，琪莉举起了手。

“琪莉，怎么了？”老师问她。

“他背上有血。”

“谁，谁背上有血？”老师连忙惊慌地问，赶紧朝琪莉走去。

“他。”她说。

而她嘴里的那个他就是我。

老师让我去医务室，可是我并没有去。因为我不想让任何人看到我的背。当我被胡蜂叮咬送去医院时差点儿就被看到了，幸亏当时因为全身肿胀，人们把注意力都放在了我的手和胳膊上。

因此，我从教室一出来就去了洗手间，想要自己清理伤口。

我打开门，走了进去，脱掉衬衣，转身做了件一直以来都在尽量避免的事儿：透过镜子看自己的背。

刹那间，我的眼泪不由自主地掉落下来。

当胡蜂男孩被要求去医务室时，九个半手指的男孩一直一言不发。他不知道老师们会问他些什么，也不知道他会说些什么。他害怕了，就像每次想到可能会被告发时一样。

他意识到其实胡蜂男孩也没做什么，既没有反对他也没有对他做过任何事，而他却不断找借口去攻击他，因为他需要借助别人的软弱来展现自己的强大。就像在森林里，大火为了越烧越旺就必须持续不断地去燃烧周围的树木。

就是这么简单，并没有其他什么特别的理由。另外，他发觉在做这些事时，有的同学会觉得好笑，还有的会鼓励他，甚至全班都在做他的后盾，于是他就更加肆无忌惮，为所欲为。

此外他还知道，一直以来，在学校里自己都被无形中以某种方式保护着。老师们装作没看见，睁一只眼闭一只眼什么也不说，校长也没找他谈过话，上下学时也没有任何一个家长注意到发生了什么，每个人都和各自的孩子一起沉浸在自己的事情里。

即使这样，他也会先沉寂几天观察观察再发起进攻，因为他不知道那个白痴是不是会到处乱说些什么。

但是不管怎样，这仇早晚一定会报的。他居然敢当着全班同学的面朝他扔圆珠笔，这是不能容忍的。最可恶的是还砸到了贝蒂，这也是不能容忍的，因为唯一能打他女朋友的只能是他。

现在他所要做的就是等待一个恰当的时机，让他为自己的所作所为付出代价。他将每时每刻地监视他，直到他落单……

镜子是一切的见证者；它不会撒谎、不会假装，即使伤痛也会向他反映最真实的情况：他背上的伤疤像在白色天空上由许多黑色斑点组成的星座。有些随着时间的流逝最终会消失，而有些则将永远烙印在他的皮肤上、灵魂里。

而现在，在望向背上宇宙中的点点繁星时，又多了一颗新的星体，血红色，在一众无力的黑斑中显得格外耀眼。

他还不知道等到夏天来临时该怎么办。到那时，身上的所有疤痕都将暴露出来，到那时会有人问他这么年轻的孩子身上怎么会有这么多的伤痕……

下课了，我和琪莉、萨罗一起回家。

一开始我们谁都没有说话，是琪莉最先打破了沉默。

“你上课时为什么什么也不说？你今天为什么不说出来。”

“别问了。”我说。

“不，我不想就这么算了！”她朝我喊道，“你为什么总是这样？”

“总是哪样？”

“总是这么……”我发觉接下来的话她有点儿说不出口。

“这么懦弱？”我替她说道。

“对！”她冲我大喊着。

“让我静静！”我也大声吼道，“你们俩都让我静静！滚远点儿。”

于是就这样，我将不敢在MM身上撒的怒火发泄了出去。和他俩分开后我继续朝家的方向独自前行。

这使我很心痛，这比背上的伤口、走廊上的毒打、教室里的磕绊和背上的口水都更加让我心痛……琪莉居然是这样想我的……虽然这就是事实。

我回到家，趁爸爸妈妈还没下班，赶紧自己处理伤口。我找来酒精和纱布消毒包扎，为了不让他们怀疑，将沾有血迹的衬衫藏在脏衣服堆儿里并看了一眼时间，还早。

于是就向秘密基地走去，那是我唯一不被人打扰的地方。我得把心里的悲伤、难过、委屈，都发泄出来，不管以什么方式。

到那儿时我又看了看表：还有十五分钟。我拿起藏好的粉笔开始在名单上添加名字，直到又过去了几分钟。

我看时间差不多到了，向前走了几步，走到老位置上开始做准备。十、九、八、七……然后用尽全力地大叫起来。叫喊过后我感到浑身舒畅，所有的仇恨、怨念、愤怒都一扫而空。

那天我回去时爸爸妈妈已经到家了，我跟他们说自己放学后去图书馆看了几本书，然而关于背上受伤的事我只字未提。

当妹妹玩骑马游戏骑到我身上时，我忍着疼痛没有说话。吃晚饭时爸爸妈妈问我今天过得怎么样，我也没有说话。

那天晚上，露娜钻进我被窝时，我给她讲了一个“背上藏着整个宇宙的小男孩”的故事。

第二天当我醒来时，手机上收到了十条一模一样的信息：

> 你居然想朝我扔圆珠笔，还把我女朋友砸伤了。你要为此付出代价。

MM兑现了他的诺言，他总是如此。就算不是第二天，不是第三天，但我知道这是迟早的事儿，现在只祈求自己能在他展开报复前获得超能力。

但是偏偏事与愿违，还是让他抢先了一步。

最糟糕的是给他提供机会的人竟然就是我自己。因为我掉以轻心，犯了一个不该犯的错误：一个人去了卫生间。

自从我在上学的路上开始感到害怕，自从他们开始辱骂我，殴打我，把我的书包扔到地上，朝我吐口水……我就给自己定了些规定来避免受到不必要的伤害。

比如不要表现得那么聪明，考试时少考几分，老师问到我知道的问题时不举手回答；不带贵重物品去学校；最重要的一条就是去哪儿都不能一个人，特别是去厕所。甚至为了减少如厕的次数，我每天出门前在家里都先尿一泡，然后一整天什么也不喝，就算要渴死，就算舌头干得黏到一块儿，最关键的就是绝对不能在厕所里落单。

即便是这样，有时也会出现憋不住的情况。每当这时我就强忍着一直等到有人去厕所时才赶紧趁机解手。

但是那天太热了，从来没有那么热过，于是我没忍住多喝了几口水。而且因为 MM 这几天都没什么动静，我也放松了警惕。另外我早饭时吃了水果。好吧，总之各种因素夹杂在一起。我等呀等，等呀等，终于上课铃响了，我看到 MM 和他的朋友们朝教室方向走去，于是赶紧转身向厕所狂奔而去，再晚一秒就要尿到裤子上了。

我冲进厕所，打开隔间门，迅速脱下裤子，开始尿尿。

但当我就要尿完时，听到一些声响，门开了，有人走了进来。

那天我搞清楚了两件事：恶魔确实存在，超能力也确实存在。

我开始不自觉地颤抖起来，快速提上裤子，尽量不发出声响。我知道这时拖得越久对我越有利。老师看我们半天不回教室一定会来找的。于是我就静静地待在隔间里不打算开门。

但是他们可不是这样想的，他们想要抓住这个千载难逢的机会让我为之前的所作所为付出代价，于是突然猛烈地砸起门来。

“快，出来，我们知道你在里面！”

我不出声。

“快，西红柿，出来，圆珠笔的账还没算呢！赶紧出来！”

我浑身都在抖着，不敢出去，也不想出去。

“看来你很喜欢待在马桶上，但是不管怎样你早晚都得出来。”

一片寂静。

他们也不说话了，只是窃窃私语，好像在暗中密谋着什么。突然一声巨响，门被踹得晃了晃，这声音也使我抖得更厉害了。这下事情严重了：插销被踢得松动了。

我知道这门不行了，再被这样弄个两三下就顶不住了。接着外面的人开始疯狂地一脚接一脚地踹起来。插销掉了下来，门被踹开了，撞到了我的大腿。

“你尿完了吗？”MM 一边问我一边看向便池。“尿是尿完了，可是你们看呀，他连拉链都没拉，这可不行。咱们得给他上一课让他好好学学。”

接下来发生的事儿我这辈子都不愿意再提起了，只告诉你们在那儿我终于解锁了胡蜂赐予的超能力。

🌢🌢🌢

当三个男孩在厕所里修理另外一个时，教室里老师开始上课了。

“人呢？”老师望向四把空椅子问道。

没人回答，尽管大家都对可能发生的事儿心知肚明。

“好吧，少了四个人，也没人知道发生了什么，行……那我们就上课吧。”

这时萨罗很想举手，请求老师批准他去厕所。但就在举手的那一瞬间他想到，如果在厕所看到 MM 正在殴打他的朋友该怎么办。他什么也做不了，什么也不敢做，因为他也害怕，害怕现在发生在他朋友身上的事儿也会发生在他自己身上。在友谊和害怕之间，显然后者占了上风。

老师没有追究四个缺席的同学究竟去了哪里，开始照常上课。他的历史课几十年来几乎没有一点儿变化，还在用着二十年前的教案，他拿起本子，照本宣科，并时不时地在黑板上做些板书。

他在心里也会想着缺席的同学。他认识他们，知道其中三个是朋友，但另一个……他继续上着课，他马上就要退休了，不想惹麻烦。

就这样时间一分一秒地过去了。突然有人敲门，三位同学走进教室。

“你们去哪儿了？”老师问。

“厕所。”

“三个人一起去的？”

“是的，那当然。”

“还有一个同学呢？”

“他可能掉厕所里了吧？”MM 不加掩饰地笑着说，“估计是吃坏肚子了。”

当老师转身继续在黑板上书写时，MM 得意扬扬地看向班里其他同学，也看到有人在回应他的笑容。而这就是他活着的动力，他每天的快乐源泉。

或许在这间教室里发生的事情在世界上任何一个角落都有可能发生。因为在这儿，在胡蜂男孩的同学中，恶魔和受害者的数量其实是旗鼓相当的。

比如说坐在第三排的那个金发男孩。他宁愿嘲笑他人做一个恶魔也不想要变成受害者。还有一位同学也是一样，虽然他没参与其中，但是也极力把自己排除在外。如此这般，大家都各有各的理由，原则就是不管怎样绝不能沦为受害者。

大家都明辨是非，能区分玩笑和虐待、游戏和欺凌……但是没人知道如何能在阻止这样校园暴力的同时又能明哲保身。

就是在这种担惊受怕的氛围下催生了像 MM 这样的人。在这里他可以为所欲为，只要还有同流合污的人，一切就都不是问题。真正的问题只会在人们不再随波逐流时显现出来，但这一天永远也不会到来。

这时，手上戴着一百个手镯的女孩想要向老师请求去厕所。她的内心想要举手，但头脑却告诉她不能这么做。这是一场理性与感性的斗争。

别人的闲言闲语，对于这个年龄的孩子来说是非常重要的，会被夸大其词，会被评头论足。这也是她一直没有迈出这一步，支持西红柿男孩的理由。

每一天，每节课，她总是在他没有发觉的情况下偷偷看他，远远地观察他，为他的一举一动而叹息，在他受欺负时伤心难过，在他被羞辱时感同身受。虽然近在咫尺，但还是忍不住地一直想他。

“我的行为受制于他人的意见这有点儿可笑……”她一边画画一边想着，纸上是一把指向两个大写字母 MM 的手枪，这就是她每天发泄仇恨的方式。

当她忙着画那颗射向第一个字母 M 的子弹时，身体不受控制地站了起来。这个举动没有经过大脑的同意，而是她的心脏趁大脑走神儿时做出的决定。

就这样她矗立在教室中央，像一个不服从队列的猴子，一只决定脱离羊群的黑羊，一条退潮时搁浅的美人鱼……非常显眼，格外突兀地站在教室中央。

“琪莉，怎么了？”老师问。

“我能去下卫生间吗？”

“现在？”

“是的，现在，女生那点儿事……”她的话把某些同学逗笑了。

“去吧，快点儿。”

说完琪莉连忙走出教室。

🌢 🌢 🌢

那天在厕所里，当我洗完脸并用烘手机吹干头发的时候，发现自己拥有了一个超能力：我能长时间在水下呼吸。肯定是蜂毒奏效了。如果不是这样，我绝不可能坚持这么长时间。自从那次事件后，我变得更加强壮，已经不是原来的那个我了，我的身体里发生着某些意想不到的变化。

我花了半个多小时弄干头发和衬衣，但是身上的尿骚味却怎么也去除不掉。

在把衣服放到机器下吹干时，我发觉竟然没有一个人来找我，就连老师都没有。

如果在那时我有超能力的话，我一定会利用它报复所有人。要是我能发射火焰我会瞄准 MM，也会瞄准所有嘲笑我的人，同学，老师，还有在旁驻足观看冷眼旁观的人。

我一边任由思绪天马行空，一边试图将身上的耻辱洗净烘干，就在这时，她走了进来。

就在那间厕所里，爱情与羞愧，拥抱和逃离，悲伤和羞辱撞了个满怀。

生活中的某些瞬间能一下子使周遭的一切都停止下来，不管过去多长时间，它都会在那儿，在记忆的某个拐角处。

这时一切言语都显得那么苍白无力，无法准确描述此时此刻他俩四目相对时的感受，倒不如留下空白自由想象。

就是在那天早上，当男孩从厕所逃出去准备藏在学校的某个角落时，一位老师向校长办公室走去。

“我能进来吗？”她缓缓地推开门问道。

“当然，请进。”校长说。

“嗯……我有个事儿想跟您汇报一下，这事儿有点儿棘手……”

“请说，请说……”

“嗯，是这样，我觉得班里有个学生正在遭受校园欺凌……”

校长放下手中的圆珠笔，倚靠在扶手椅上用奇怪的目光看着她。

“在我们学校吗？不，我不相信，这不可能。”

“是的，就是在这儿，在我们学校……”她怯怯地答道，“我观察了很久，这个学生的行为举止不太正常。我认为那是因为有三个学生不断地在找他麻烦。”

“是从什么时候开始的？”

“我不知道，可能几周前，也可能更久。”

“你有什么证据吗？”校长紧张地在座位上来回挪动着身体问道。

“嗯，实际上还挺多的。他们经常在操场上找事儿，抢走他的早餐，在教室里朝他扔东西……另外，这名同学的学习成绩也受了很大影响。”

“这样啊，”校长听了松了口气说，“可能这只是孩子间的玩笑，没必要放在心上……”

就是这几个字，“孩子间的玩笑”，使背上的巨龙终于按捺不住，蠢蠢欲动。它永远也不会忘记，很多年前在它现在所寄居的这副躯壳上所发生的事。当时也被认为是孩子间的玩笑，但是后来事态失控，一切都无法挽回。

“不，这不是孩子间的玩笑。”老师一边义正词严地说道，一边试图忍受着背上巨龙焦躁不安移动时所带来的疼痛。

“一定是这样。不管怎样，你别担心了，我来负责。”

“但……就这样吗，这就结束了？”

“那你还想怎么样？我已经跟你说了我会调查的，尽管我敢肯定这就是些无足轻重的玩笑。孩子们之间经常会有矛盾，最后他们自己就解决了。”

一阵痛感在她的背上划过：那条龙想要飞出来一口吞掉眼前这个气焰嚣张的脑袋。

“深呼吸，控制住它，控制住它……”她对自己说，在没有更多证据前什么也做不了。校长只关心学校的声誉。如果有霸凌事件发生，这将会成为一个抹不去的污点，足以使家长们前来发问。家长就是金主。因此总有些事还是不要挑明了为好。

老师和龙从校长办公室出来，向厕所方向走去。前者僵硬地，直直地挺着背，而后者则焦躁不安，不停地扭动。

“你准备怎么做？”龙问她。

“还不知道，但肯定要做些什么。”

“但愿如此。”

“嗯……”她一边说着一边回想起多年前发生在她学校的那件事儿。就是因为孩子间的一个玩笑，最后酿成了无法收场的严重后果。而这后果，在过去这么多年后，仍然在她的背上依稀可见，挥之不去。

在看到琪莉突然出现在卫生间门前，用那双使我俩都感到颤抖的眼睛直勾勾地看着我时，我一个箭步冲向走廊，想找到一个能够藏身的地方。我不想再次走进教室，打算等到下课所有人都离开时再回去拿书包，离开这个该死的地方。

下课铃响了，我从藏身地看到大家都有说有笑，打打闹闹地放学回家……所有人，除了我。

我等到教室里空无一人时走了进去，看到我的书包，断了一条肩带，大敞着被扔在地上。肯定又有人往里面塞了些乱七八糟的东西。我合上书包将它捡起，慢慢地走出教室。这时，学校里已经没人了。

在走廊里，我开始留意两侧的东西：墙上挂满了各种象征着和平、和谐、友爱的图案；表达人与人相互团结，共建美好世界的海报……甚至还有一棵许愿树。学期伊始，每个同学都在上面挂上了写着自己愿望的卡片：希望这个世界上不再有战争，不再有暴力，人人生来平等……

那天我一回家就洗了个澡，然后把书包里的东西全都倒在床上。是的，书包里有一个东西是给我的。

我拿起钥匙向我的秘密基地走去，那里没人能打扰我。

一到那儿，我就给自己设置的名单上又添加了几个名字，顺便在墙上又贴了几张纸，为此还用了一种特殊的胶水防止它从墙上脱落。

那天，我特别想要大喊，想要发泄。这种愿望比之前任何一次都要强烈。

我看了看表，还有两分钟！

于是就走到老地方等待着那一刻的到来。

我喊呀喊，喊呀喊，直到身体再也没有一丝气力。

厕所事件后的两三天里，一切又恢复了平静。每次被欺负后，总会有几天太平日子。MM 会利用这段时间来判断评估他的所作所为是否会带来相应的后果。

这次也不例外。

但是等到第二周，这种不安和担心就已荡然无存。因为他们知道我没有跟任何人提起过背上的伤口还有厕所里发生的事儿。于是就又开始新一轮的推搡，辱骂，使绊子……然而我对于这些已经变得越来越麻木，越来越冷漠。因此，他们就不得不变本加厉地来欺负我。

♦ ♦ ♦

在这几个星期里，男孩的生活发生了天翻地覆的改变：他已经不记得上一次无惧无畏地醒来，走在大街上而不用四下张望以及和某个同学聊天是什么时候的事了……

现在，只要下课铃一响，他就拿起书包想要尽快逃离这个地方。他跑步穿过操场，不让自己的举动引起任何人的怀疑：不管是老师、校长、同学，还是某些在学校门口撞见的同学家长。

他每天跑呀跑，跑呀跑……希望能尽早到家，关上家门，将所有的恐惧关在门外。

相反，每天早上醒来时他又慢慢悠悠，不慌不忙，总想找个借口可以不去上学，但是总以失败告终。他还试图在漫画中寻求某种能使时间冻结的超能力，好让白天永远不要到来，周日永远不要结束。

很多时候他也想过待在家里不去学校，可是这也解决不了什么问题，因为第二天就马上会有人给他的父母打电话，他还得绞尽脑汁去应付连环炮般的提问。

他知道每天只要一到学校，辱骂、推搡、嘲笑就会随之而来……而且还总是发生在大庭广众之下。

他也知道，只要在教室里，就会有人朝他扔东西。现在他连躲都懒得躲，因为背上的伤口太多，已经结满了硬痂。想象一下，就像是忍者神龟的龟壳坚硬地能抵挡住任何攻击。

很多时候当他在课堂上冥思时，会想到漫画里出现的那些超级英雄。每当他们中的一个快要死掉时，总有人会挺身而出为他两肋插刀。神奇四侠，X 战警，正义联盟，就连蝙蝠侠也有罗宾去帮他，可他呢，他有谁?

这位即将能够隐身的男孩不知道他的罗宾第二天就会登场。

♦ ♦ ♦

那天还有一节课就结束了，也就是说再坚持四十五分钟就能回家啦。

文学老师走进教室，像往常一样让我们翻开课本，接着她开始在黑板上写板书。这时，有人朝我扔了一根粉笔：砸到了我背的上方几乎快到脖子的位置，然后应声落地。

老师转过身，我觉得她应该看到了粉笔在地上滚动。她停了几秒钟然后又继续转过身去写东西。

这时，又一根粉笔扔了过来，这回我躲开了，砸到了我前面同学的身上。老师又转过身来，定定地看着地面。有点奇怪的是，这个姿势她保持了很久，就这么定定地待着，什么也不说，什么也没做。

然后她又回过头去。

课继续进行着，有好一会儿什么也没发生，直到 MM 又连续朝我扔了三根粉笔：一根砸到我背部的正中间，一根砸到了旁边，还有一根我躲过了。这时我听到他嗓子里发出了些声音，知道那是他在准备朝我吐口水。我紧张起来，不知道自己能否成功避开，也不知道他什么时候会采取行动。过了一会儿还是没有动静。我猜想他准是把口水含在嘴里等待着某个合适的时机。

该来的还是来了，我来不及躲闪，口水吐在了肩膀的一侧。

就在这时，老师停下了笔，缩成一团，把手放到后颈处，样子痛苦得好像快要疼死过去。

接着，在学校里，众目睽睽之下，发生了大家见所未见的一幕。

今天，从上课一开始，巨龙就一直保持着清醒，不动声色地观察着老师背后发生的一切。它看到了第一根，第二根以及后面接二连三扔来的粉笔……但就是在口水吐到胡蜂男孩的那一瞬间，它终于忍无可忍，按捺不住地开始骚动起来。

它的这一举动使得文学老师疼痛不已——这种疼痛从她更改考试分数时就开始了。她静静地观察着走廊里，课间休息时，教室里发生的一切……

到现在为止，不管在哪种情况下她都能成功地将龙控制住，极力安抚它；理性的一面，也就是她这一面占了上风，她把这个事儿讲出来想跟同事讨论……

可是没人对此做出任何反应：校长想置之不理，希望这个问题随着时间能自行解决；英语老师什么也没看见；历史老师很快就要退休了……最后讨论的结果就是要以维护学校的声誉为重。

此外，她也没有掌握太多证据：一场本应该不及格却又及格了的考试，没人看到的推推搡搡，没人听到的阵阵辱骂，还有一些虽然砸在他身上，但教室里却从没有人看到的物品……

至此，理性的一面，也就是和平的一面以失败告终。因此近来这条愈发蠢蠢欲动的龙也越来越难以控制。

而现在，当想到这个背上刚刚被吐了口水的男孩心里该有多么难过，多么痛苦时，她妥协了，站在一旁任由龙来接管一切。

于是她挺直脊背，将粉笔慢慢放在黑板上，走下讲台，穿过寂静一片的教室，朝胡蜂男孩走去。

她看了看他的背：黑色衬衫上有着好几个白色的小点儿，每一处都是粉笔砸过留下的印记。肩膀一侧有一坨还在冒着泡儿的黄色污渍。这是羞辱的标记，就是这个标记最终将巨龙激怒，彻底爆发。

它用双手扼住 MM 的脖子将他举到空中，就这样几乎飞一般地把他弄出教室，并重重地将门砰的一声摔在了身后。

现在，在这四下无人的走廊里，一场决斗将要上演，不是老师和MM的，而是她和龙的。双方都知道她在学校的未来取决于谁能最后赢得这场胜利。

龙让她将MM逼在墙角，掐住脖子，使他无法呼吸，然后对着他的脸喷吐火焰，抓挠他的身躯使他体无完肤……

她知道此时此刻她可以这么做，甚至也很想这么做……尽管如此她还是试图平复背上所文之龙的报复之心。

“你准备怎么做？”龙问她。

“不知道，我不知道！”她喊道。

“好吧，我换个方式问你，”这条现在恢复自由，在背部伤疤上上下游蹿的龙说道，“你想怎么做？”

“好，我想到了，我知道该怎么做了。”她忍着泪水说。

“那就做吧，掐死他，现在就把他干掉。”

“我做不到，尽管我很想这样，但是做不到……”老师说着，因为背上的疼痛而来回走动着。

“掐死他！”龙愤怒地嘶吼着。

“不，我做不到！”

“为什么？为什么做不到？之前是因为没有机会。多少次你问自己为什么大家都只是袖手旁观，没人及时制止。如果当年有人出面阻拦的话，你背上就不会有现在这些伤疤了。你想同样的遭遇也发生在这个男孩身上吗？”

“不！当然不想！”她生气地说，掐着脖子的那只手更使劲了。MM 被她按在墙上，害怕得一动不动。

“既然这样那就快点动手。”

“对不起……我做不到。”她一边说着，一边松开了掐住 MM 脖子的手。

“为什么？为什么下不了手？”龙在她背上上蹿下跳地吼叫着，用尾巴鞭打着她的伤疤。

“因为我不像你一样，只为仇恨而生！”她喊着，双手捂着脸颊痛哭起来。

“只是现在还不是……”龙在她耳边低语后又回到了自己的位置上，闭上了嘴巴和眼睛。

老师现在不知道该拿这个靠着墙壁浑身发抖的孩子怎么办。

MM 刚刚遭受了这辈子最怪异的一场攻击。最初的几秒钟他感到了深深的恐惧，不是由暴力引发的，而是从疯癫里滋生出来的。

他知道自己可以反击，可以自卫。但是对方眼睛里的某个东西将他牢牢震慑住了。当近距离观察时，他意识到眼前的这双眼睛看上去更像猫眼而不是人眼。

他瞠目结舌地看着自己的老师是如何在自言自语，争论该怎么处置他，直到最终松开了那双掐住他脖子的手。

当他平静下来以后，起初的几秒就这么呆呆地站在原地，靠着墙，颤抖着，不知所措。

“走吧，跟我一起。”老师说道。

俩人朝办公室方向走去。

他一点儿也不担心，知道爸爸能摆平一切，因为他有钱，凡事最终都能用钱来解决，至少在家里父母就是这样教育他的。在一个缺少关爱、拥抱、亲吻、赞扬、鼓励但又非常富有，能提供各种舒适条件的家里。

当能穿上世界上最贵的衣服时，谁会去在乎一个拥抱呢？当能一掷千金得需所需时，谁又会在乎一个亲吻，在乎这些没用的东西？男孩自己问自己，然而他记得并不总是这样，但是自从他手指出事以后，家里的一切就都改变了。

◆ ◆ ◆

我们从未在学校里看到过这样的场景。老师揪着MM走出教室，重重地在身后关上了门。教室里鸦雀无声。最初的几分钟里我们一个个面面相觑，说不出话来。

MM 和老师那天早上都没有再回到教室。

从那天开始，再也没有人敢在文学课上朝我扔东西了。

最终应验了多年前爸爸曾经说过的那句话，有时候只能以暴制暴，人性使然。

接下来的几天关于在走廊里MM和那位女老师之间到底发生了什么有各种各样的传言，但是当然，没有人知道真相。尽管我们都目睹了教室里发生的事情，也没有一个人吭声。因为所有人都知道如果说出去的话后果会很严重，文学老师很可能会因此被开除，而大家都很喜欢上她的课。

自从那天之后，至少有一个礼拜，没有一个人再来找我麻烦。我心想他们终于厌倦了，但是并非如此，自己还是太天真了。当MM的害怕劲儿过去后，一切又恢复了老样子，只是没那么明目张胆罢了。

他开始用手机、邮件、社交网络来威胁我，还设法将我从所有WhatsApp的群组中删除。他改变了攻击我的方式：现在打我的次数没有以前多了——只是有时；也不每天抢我早餐了——只是偶尔；在课上也不会频繁朝我扔东西了——当然也扔，只是文学课上除外；他使我和同学们原本就不怎么亲近的关系变得越来越疏远了。

现在没有人敢在操场上靠近我，没有人愿意和我一起组队做小组作业，可以说基本上一整天都不会有任何人主动上前和我说话。

至于超能力，我以为在被胡蜂叮咬后会改变一切，可是目前为止还是什么也没发生。

只是到目前为止……因为几天后我终于等来了一直以来所期盼的事。终于！

🌢🌢🌢

那天，当我准备独自回家时——好吧，事实上现在几乎我每天都是一个人回家的——正要穿过公园，忽然听到身后传来一阵熟悉的声音。当下我就立马分辨了出来：是他们。

我转过身来，果然不出所料他们就在一百米开外。就像每次看到他们时一样，我又不由自主地因为害怕而发抖。虽然在正常情况下最明智的选择应该是拔腿就跑，但是我已经疲于这种逃窜，便决定坐在长椅上按兵不动，静静地等待着他们靠近。

我从远处观察着他们的表情，发现他们看到我这一举动时都很吃惊，当然我现在的所作所为完全不在他们的意料当中。我猜想他们肯定会觉得这是对他们的一种挑衅，可实际上并非如此，我只是累了，不想每次都逃跑了，于是就这样面无表情地看着他们慢慢地向我走来，向我靠近。

五十米、四十米、三十米……——至少我是这样估算的——随着我们之间的距离一点点缩短，他们脸上愤怒的表情清晰可见。

我尽可能地紧紧闭上眼睛，用所有的意志力企盼此刻自己能消失。我向内蜷缩着身体，将脑袋埋在两腿之间，等待着永远也没等来的那顿毒打。

什么也没发生。

一片寂静。

几秒钟后当我睁开眼睛时，看到了难以置信的一幕。

他们就在我眼前大概十米处的地方到处张望，像在寻找什么东西，可就是不朝我所在的地方看。一时间我不明白刚才在我闭上眼睛时到底发生了什么。

他们从我面前走过，就好像我不存在似的，就好像……就好像他们看不到我！

我疑惑地看了看自己的手、胳膊、脚……一切正常，我能看见自己，但这不意味着别人也能看到我。或许上帝可怜我，听到了我的祈祷，蜂毒真的奏效了，或许我终于拥有隐身的超能力了。

当他们走远后还时不时地回过头朝我所在的方向看着，可是只是看着，什么也没做。没有走来，没有竖起中指，也没有朝我吼叫……还是看不见我。

当他们远远地消失在马路尽头不见踪影时，我立马从长椅上站起来，一溜烟儿地跑回了家。

他们没看见我！我终于拥有超能力了！之前经历的所有不幸总算是有些回报：我能隐身啦！我现在必须要练习练习再练习，这样就能控制能力，随时隐身。

我一进家门就跑上楼梯，冲进房间，躺在自己柔软舒适的大床上。我觉得这应该是长这么大以来最幸福、最开心的时候了。

我开始想象能用新能力做些什么，如何好好利用它来改善自己的处境……我意识到从这一分这一秒开始生活将会发生天翻地覆的改变。

♦ ♦ ♦

或许这并不是我第一次隐身？或许在最近几天，几个星期，在毫不知情的情况下我已经隐身了好几次也说不定。

“肯定是这样！”我惊呼着。这样一来一切就都说得通了。也解释了为什么从来没人上前帮我，从来没人看到发生的事情，从来没人为我挺身而出……当然，那是因为他们看不见我。

所以，每当我在街上逃跑着躲避MM和他同伴的追赶时，人们肯定只是看到了有一群孩子在街头追逐打闹，因此没人前来帮我。

所以，当下课后我急着跑回家在校门口撞到某些家长时，也没人说什么，因为他们只是感到被什么东西撞了一下，但是什么也没看见，虽然奇怪但也不明所以。

所以，当他们在走廊里打我，在课间休息抢我早饭，将我摔倒在地时，没有一个同学向我伸出援手，没有一个老师惩罚他们……当然不会有了！肯定是因为他们看不到我！

这就解释了一切：解释了为什么从来没人在我需要时为我挺身而出，帮我渡过难关。人心不会这么坏，这是不可能的。人们看不到在我身上发生的事情肯定是有原因的。

那天下午，躺在床上，我很高兴，那是一种前所未有的高兴。

男孩迎来了曙光，他终于为人性的黑暗面找到了解释的理由：人们看不到他。

所以在家里，没人察觉到他身上已经黯淡无光毫无生气，脸上只有生硬的假笑，眼睛里空洞无神；没人注意到他从来不坐靠在椅背上；也没人发觉他的三明治越做越小，剩下的面包却越来越多。

在外面，街道上，生活里，没人看到这个男孩。没人看到他出门时总是慢慢吞吞，尽可能地拖延时间，而放学时却飞一般跑步回家，重重将门关在身后，像是想把所有恐惧关在门外；没人看到男孩总是等着学校大门关闭的最后一分钟，才从大树后面或者周围某个车库里窜出，冲进校园；也没人注意经常在上午时分出现在他背上的一个个粉笔印。

没有一个人看到他，不管是家长、学生、门卫，就连学校对面十字路口执勤的警察也没看到。没人注意到这个总是来得最晚却又走得最早的孩子。

慢慢地，他已经忘记了走路的感觉，因为他无时无刻不在奔跑：跑着上下课，跑着穿过操场，跑着回家……

一个最终得偿所愿能够隐身的男孩。

但他不知道这一切不归功于他，而是拜其他人，拜他身边所有的人所赐。

当这一切发生的时候，老师已经去了好几次那个她不被允许进入的办公室。她悄悄潜入，想找到一些能向巨龙交代、使它安心的东西。

在翻箱倒柜一通之后，终于让她找到了：那份本不应当看到的学生档案。

她一页页地仔细翻看着眼前这份内容详尽的资料，最终掌握了一些以前不知道的情况：她不知道他做过手术，不知道他几乎有一年时间没来上学，当然也更没注意到他的一只手上少了半截手指头。

♦ ♦ ♦

第二周，在文学课上发生了一件特别奇怪的事儿。老师轻轻走进教室，拿起一根粉笔，写下了一个单词。我们这辈子从来没有见过写得这么大的字，它占满了整块黑板。

懦夫

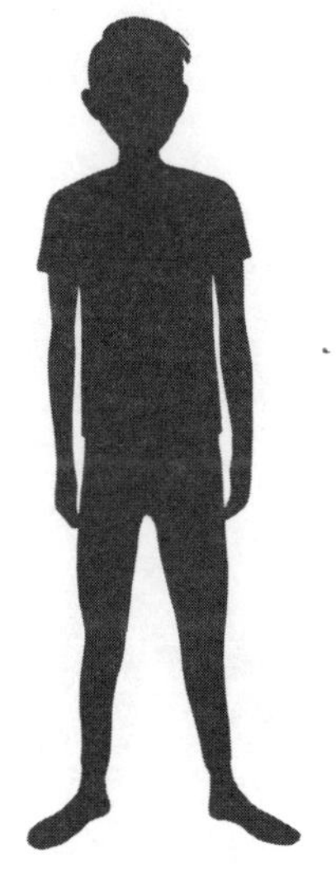

她转过身，放下手中的粉笔，站在讲台上，面对着全班同学开口说道：

“我打算以后每天利用课前几分钟的时间来讲解一个单词，对它进行深入分析探讨。今天将要和你们讨论的单词是：懦夫。”

我们对于老师的这一举动感到非常意外，大家都沉默不语。

“我们先一起来看看字典上对这个单词是怎么解释的。在这儿，它的第一条释义是：‘没有勇气和魄力去面对危险的人。’还有一条：‘因为缺乏勇气而暗自损害或是伤害别人的人。’好，谁能用这个单词造个句子？来，你，”老师面向坐在第一排的一位女生说道，“给大家说说你的句子。”

“嗯……嗯，他是一个懦夫，因为他不敢坐过山车。”

“嗯，好的，这个句子逻辑清楚，语义连贯，而且意思也表达得准确无误。有人知道懦夫的反义词是什么吗？大家都知道反义词是什么意思吧？”四下传来一片笑声。“好的，那谁来回答一下？”

“勇敢。”一个同学高声说。

“完全正确。”老师说，“谁能用勇敢造个句子？”

“他是一个勇敢的人，因为他坐了过山车。”另一个同学说。大家听了他的回答都哈哈大笑起来。

“嗯，好，好，大家总是怎么简单怎么来。”老师说，“看吧，语言有的时候也很模糊，很多时候我们不知道两个单词的界限究竟在哪里，就比如懦弱和勇敢这一对反义词。因此在这种情况下，考虑它们各自所使用时的语境就很重要，因为有时语境甚至能决定一切。”

“举个简单的例子，大家想象一下从前有一个既高大又强壮的勇士，他一生都在习武训练。这时小镇上出现了一条大家都很害怕的凶猛无比的巨龙，他要是抓住机会为民除害，大家肯定会说他非常勇敢，对吗？”

教室里大家齐声说是，表示赞同。

“但是你们再设想一下，如果这个勇士在看到巨龙时也心生畏惧逃窜而走，但是他又想向大家证明自己，于是转而选择了另外一个更加弱小的敌人，比如一只松鼠。”

这时，班上传来“哦”的声音。

“那么这时候相信大家就不再觉得他有那么勇敢了吧？”

对于这个问题没人回应。我想也许大家都已经猜出老师口里的这位勇士指的到底是谁了。

“世界上有很多勇士，问题是真正勇敢的却很少，懦弱的却随处可见：在街头，工作中，学校里，甚至就在我们这间教室里都能找到。”说完这句话后，老师切换了话题，“好了，今天的单词就讲解到这儿，现在我们翻开课本。上回讲到第几页了？”

大家都一言不发，各有所思地默默地打开了课本，对于谁是懦弱的勇士、谁是松鼠、谁是巨龙都已心知肚明。

♦ ♦ ♦

MM 沉默不语，他知道，尽管班上没有一个人敢看他，但此时此刻大家的焦点一定都在他身上，都在想着那个退而求其次，只敢攻击松鼠的勇士。

他愤怒地看着在众人面前使他变得可笑滑稽的老师，发现她今天穿的衬衫是从后面开口的，这样背上文身龙头的部分完全显露在外，而那条龙也一直在默默地观察着他的一举一动。

现在他将目光转向了前面松鼠所坐的地方。居然说我是懦夫？等我抓住你，咱们走着瞧，看看谁才是，他自言自语道。

公园里的那次行动虽然失败了，可是还有很多很多机会可以继续尝试，直到将那只可恶的松鼠踩在脚下，使它再次变得渺小直至消失不见。

♦ ♦ ♦

琪莉一边认真听着故事一边在笔记本上画着一个小小的勇士和一只试图将他一口吞掉的大松鼠之间的决斗。目前她只能这样，通过画画这种无声的方式来反抗 MM。

在每堂课上，当她看着胡蜂男孩的时候，都会情不自禁地在心底问他们两人之间到底发生了什么：为什么再也不像以前那样约着一起上下学，为什么再也不互相说话，为什么再也不发送短信……

有时候她会悄悄地不被人发现地动着嘴唇，在空气中说话，想象着这些话语能通过某种方式被眼前这个正在逐渐消失的男孩听见……要是你知道我在偷偷爱着你就好了。

现在她只能在课上看见他，看着他坐在座位上望向一片虚无，形同虚设般地活着。然后，课间休息或者放学后，她觉得她的朋友像褪去颜色一样在人群中逐渐黯淡下去。

没人看见他，也没人去看他，没人发现有一条生命在一点一点地被逐渐抹去。

至少现在有一个人正在尝试着做点什么，至少文学老师就是这样，尽其所能，倾其所有，可她呢？她在做些什么？这是她一直以来想要逃避的问题，这个问题能使她陷入沉思，一动不动，就连胳膊上戴着的那一百个手镯都不发出一丝声响。

♦ ♦ ♦

那个故事是特意为我而编的。谁是松鼠，谁是勇士大家都心知肚明。但我自己也搞不清楚这是否真的能帮助到我。

不管怎样我现在都不担心了，因为我已经拥有了超乎常人的能力，现在只需再不断完善它、提高它。我每天都勤加练习，练得越多，效果自然就越好。我每次隐身的时间都在逐渐拉长，也能在越来越多的人面前自由施展。

公园里的类似事件又发生了两次。结果都和第一次差不多：他们来追我，我则待在原地静静不动，使劲闭上眼睛，集中注意力，而当我再次将眼睛睁开时，他们就已经走远了。

学校里的一切也都有所好转，比如课间的半个小时里我会蜷缩在角落，施展法力，将自己隐身使别人看不见。

现在我已经习惯了在街上不再担惊受怕，淡定自若地走路。当我一出学校，就会钻进附近的车库，缩成一团，全神贯注，当我再次出来时就已经成功隐身，直到走进家门前，一路上都不会有人来打扰。

但是即便这样，也会有失败的时候。于是我开始认真观察每一位同学，想调查清楚究竟谁能看见，谁又看不见我。我觉得自己的超能力有点奇怪，因为它不是同时对所有人都有效果：有些人能看见我，而有些人却不能。这是当下我需要赶紧搞明白的，为什么有时候那些追逐殴打我的人可以看见我，而那些本能够出面保护我的人反倒什么也看不见，什么也不做。

有一天，在公园里，超能力就没有奏效。我太过专注，以至于没有发现身后一直有个人在跟着我。

🌢🌢🌢

当我在公园主路上行走的时候，感觉到有人从后面靠近。一开始，我没有在意，因为自从我能够隐身以来，经常会发生这种情况。有人会因为看不见我，不知道我在那儿，而向我走来。

这是我的另一种能力，随着时间推移，我可以不用眼睛就能敏锐察觉到别人的存在。所有的那些攻击、毒打……使我慢慢地练就了这项技能。

但是那天，我自以为是路人的那个人突然把手放到了我的肩膀上。我的心头一紧，心跳一下子加快起来，怦怦怦地跳个不停。

最初的几秒钟我愣在原地，不知所措，但最终我还是鼓起勇气回过了头。

她就站在那儿，在我对面，目不转睛地看着我的眼睛。

“你这会儿有空儿吗？”她问我。

“有，有……”我开始发抖，“有什么事儿吗？”

“只占用你一小会儿时间，我们坐到那张长椅上吧……”

“好……”

♦ ♦ ♦

就是在那儿，在那张长椅上，这对儿奇怪的组合将要进行人生中最重要的一次谈话。

对他而言，这是第一次将自己内心的恐惧害怕跟一个不是他妹妹的人倾诉；对她而言，已经很久都没有跟任何人谈论过关于自己的事情了。

在最初的几分钟里，两个人都略微有些拘谨，不敢开口，但是慢慢地，双方都放下包袱，开始交谈起来，尝试着向对方敞开心扉。

过了一会儿，在聊了一些生活琐事互相获得必要的信任后，他决定向她问起一直以来萦绕在头脑里的那个悬而未决的问题：

“你为什么改了我的考试成绩？”

“我吗？”她奇怪地问道，“不，我没改成绩。你的分数没有任何问题。只不过是你修改了答案，用另一种方式通过了考试。”

他沉默了，不知道该说些什么。

“你知道吗……”她又小心翼翼地提起那个话题，“我明白你的感受，知道你身上正在发生的事情……”

“你知道？”他惊讶地问，“怎么可能？你怎么会知道呢？”

“因为我也经历过同样的事。”她淡淡地答道。

就在这时，男孩的表情发生了变化，脸上浮现出了一个微笑。

“那么，这样说来，你也能隐身喽？”

“你说什么？”老师不解地问。

“就是，你也有那个能力吗？”

“那个能力？”

“是啊，就像我一样。”

当男孩兴高采烈地跟她解释在自己身上所发生的一切时，老师的身体逐渐蜷缩成一团，就好像她是由纸做成的，而体内的大雨不住地下在她的身上。

她听呀听，听呀听……直到男孩一股脑儿将一直以来埋藏在心底的那个巨大秘密一吐而出。

“你知道吗？”她强忍着泪水说道，“你不是唯一一个能隐身的人。在这个世界上，还有很多人和你一样，只是大家都秘而不宣，什么也不说。”

“为什么要隐瞒不说出来呢？”他又问。

“那你把这个秘密告诉给谁了吗？”

“谁也没告诉……”

“看，”这时老师转过身，撩起脖子上的头发说，“你知道这是什么吗？”

“一条龙的脑袋？”

“对，就是一条龙，而且还是一条非常特别的龙。”

“为什么这么说呢？”

“因为当年就在我将要放弃抵抗，放弃挣扎，想消失不见时，这条龙出现了，是它让我重获新生，重新回到大家的视线中。这么多年我不愿意让任何人看到我没穿衣服的样子，不想去泳池，也不想去海滩……我接受不了让别人看到自己背上的伤疤。直到有一天，我终于鼓足勇气，在上面文了这条龙。”

这时，就在那儿，在公园里，当着所有人的面，老师慢慢转过身，从后面撩起衬衫，将背上那条巨龙完完全全地展露出来。

“我想让你好好看看，不要只停留在图案表面，仔细看看围绕在它旁边的部分，特别是文身下面遮盖住的地方。”

男孩静静地看着，他有种感觉，好像眼前看到的这张背不光是这位老师的，同时也是他自己的。

他不知道该说些什么，老师鼓励着，坚持让他把在自己身上正在发生的事儿说出来，并追问他为什么没把这个秘密告诉给任何人……

然而，男孩的反应出乎老师的意料。他回答说自从自己可以隐身以来就没人再找他什么麻烦了，因为只要一有不喜欢的事儿发生，他就会施展法力消失不见，这样想找麻烦的人也就看不到他了。

接下来的几天，老师通过言语，试图以某种方式阻止暴行，然而这些暴行也越来越隐蔽：虽然还是会造成伤害，但是却总能不留下任何痕迹。

她也试图阻止同学们对男孩的排挤，尽管当事人想方设法将这种排挤合理化，将它美化为一种超能力，而她的做法有可能会使这一切努力都功亏一篑，让男孩的处境更加雪上加霜。

她还是继续尝试着各种方法，在每堂课上，用不同的话语、想法、例子来改善这种情况。甚至有一天还讲了一个故事，讲了一个让所有同学都若有所思的故事。

故事

“今天我要给你们讲一个故事。”老师一走进教室就开口说道，大家都笑了。

事实上，只是因为给我们这个年龄的学生讲故事这件事，让我们觉得很好笑。

她继续说着：“文学不只是小说、戏剧或者诗歌……文学很重要的一部分是故事。过去，当人们还不会读不会写的时候，很多历史都是通过故事的方式一代代口口相传，以此给人以鉴戒，或是传播知识……”

这时她拿起一本小小的书，翻到其中一页。

“这本书是《理解世界的故事 2》。尽管我们可能永远也弄不明白整个世界，但至少今天我要给大家讲的故事会让你们有一定的收获，至少能对我们的学校有更深入的了解，或者对这堂课。题目是‘不是我的问题’，民间故事版。”

老师开始讲了起来。

一只住在农场里的老鼠正在四处寻找食物，突然它从一个小洞里观察到农场主和他的老婆正在拆一个刚刚买回来的包裹。当他们从包裹中取出里头的东西时，老鼠惊呆了，眼前看到的不是别的，而是一个捕鼠器。

它害怕地赶紧跑去通知农场里的其他动物。

“他们买了个捕鼠器！他们买了个捕鼠器！”它大叫着。

两只在一旁默不作声安静吃草的奶牛听到说：

“小老鼠，我们真为你感到难过，对你来说这会是一个很严重的问题，但如你所知，这对我们来说一点儿威胁也没有。”

老鼠失望地朝狗走去，想要告诉它这个坏消息：

“狗，狗！你得帮我！农场主刚刚买了个捕鼠器，你得帮我把它弄走！”

正在舒适蜷缩在马厩角落里休息的狗，没什么兴趣地回答它：

“抱歉呀，老鼠，如你所知捕鼠器对我没啥影响，它不能把我怎么样。”

老鼠生气地朝三只猪走去，看看它们能不能帮上什么忙。

“猪，猪！我刚才看见农场主买了个捕鼠器。你们能帮我找到它，好让我不被夹住吗？”

三只正在泥坑里享受沐浴美好时光的猪不耐烦地看

着它。

“可怜的老鼠，那你走路的时候可得小心啊……”

“但是你们得帮帮我，农场里有一个捕鼠器，这件事光是想想都太可怕了。”

“我们又没有危险。或许对你来说这很可怕，这点我毫不怀疑，可是我不觉得一个捕鼠器能把我们怎么样。”

猪转过身去，不再搭理它，继续在泥坑里欢快地打着滚儿。

就这样，农场里的动物们一个个都对这个问题装聋作哑，因为这件事基本上只会对老鼠造成威胁，而对其他动物都无关痛痒。

接下来的几天，老鼠担惊受怕，每走一步都格外小心。它知道自己随时都有可能会被捕鼠夹夹住而脱不了身。

它没能说服任何一个动物来帮它找到，并且破坏掉那个该死的夹子。

然而一天晚上，外面突然传来一阵声响，好像有什么东西被捕鼠夹夹住了。

农场主的老婆赶忙跑出去想一探究竟，看看到底捕到了什么。原来是一条看上去已经死了的蛇。可是正当她准备将它从捕鼠夹中取下时，蛇猛地抽了一下，一口咬在了她的胳膊上。

农场主闻声赶来，看到眼前的场景立马飞奔上车护送老婆去医院。倒霉的是，车子刚一发动就把正在底下全然不知、呼呼大睡的狗轧死了。

接下来的几天里，很多亲戚都来探望受伤的女主人。为了招待大家，农场主决定把圈里的那三头大肥猪杀了好宴请宾客。

最终，老婆痊愈了，但是看到医院账单时，夫妻俩因为无力支付，不得不将那两头奶牛卖给了屠宰场。

故事结束了，我们都陷入了沉默。大家都知道老师为什么讲了这样一个故事。而我就是故事中的那只小老鼠，这一点我确信无疑。

故事讲完了，眉上有疤的男孩默默思考着他应该是农场里面的哪个动物：狗、奶牛还是猪……嗯，肯定是猪。因为正是猪抛弃了它的朋友。而他也已经很长时间没有问过朋友的近况，没有和他说过话、发过短信，也没有一起放学回家，而在那之前他俩总是亲密无间，无话不说，无话不谈……

“朋友……”他想着这个单词的含义，或许这会成为下一个老师在课堂上分析的单词。“朋友”，他算是哪门子的朋友。朋友不会像这样将同伴弃之不顾，而应该第一个站出来帮助他，保护他……可他呢？要是介入到这场战争中他会怎么样呢？在帮助朋友和将自己置于危险中的界限又在哪里？可能对于他这么渺小的一个人来说，这些问题有点大。

现在，坐在自己的座位上，看向自己的朋友——那个越发瘦小的、最近这几周里碰到过无数次捕鼠夹的老鼠男孩。他知道自己让他失望了，从第一天，从他决定在旁观望，不出手相助时就知道了。

是的，毫无疑问，他就是那么多猪中的一头。

因为他不是唯一一个在课堂上这么想的人。有些同学觉得自己是奶牛，有些觉得自己是狗，而有些觉得自己是猪……但是所有人都在脑袋里编造了一千个理由来为自己找借口，而最好的借口就是，至少他们不是那该死的捕鼠夹。

他是，他才是捕鼠夹，这一点也确信无疑。

九个半手指的男孩接连几天都是强忍着怒气离开学校的。他越来越讨厌文学课上发生的一切，他不知道该如何阻止，如何对言语发起进攻，因为他只会将一切付诸武力。

懦弱、勇敢、告密者、勇士、松鼠、龙……现在又多了这么一个故事，所有这些都在含沙射影地针对他。

他想过了，眼下最聪明的做法就是不再在肉体上攻击他，因为学校的情况使这一点变得愈发困难。他将顺应局势，改变策略，在社交网络上让他出丑，让所有同学都排挤他，不要和他说话，就好像这个人不存在一样。

但这个计划还是存在问题：因为开始实施得太晚了。

🌢🌢🌢

在那场事故发生前的最后几天，几乎没人再来攻击我了。这说明了一个问题：我逐渐在扭转局势，我拥有的超能力也越来越强。

这是真的，每天利用在家的时间，我都在一直不间断地练习，聚精会神，想象着自己能不被人发现而在任意地方行走。同样在教室、学校、街头，我都尽可能不让别人察觉到自己的存在。

每天能够看见我去上学的人越来越少，我快速从同学、家长身边走过……没人注意到我就在那儿，就在他们身边。就好比学校门口的门卫，当我在上课铃响前的最后一秒冲入校园时，他连头也不抬，只是机械地关上门，就好像从没看到我从那儿进来一样。

走廊上也没人转身看我，就好像我并不存在。

在班里隐身是最困难的，因为尽管同学们看不到我，但所有人都知道我在哪儿坐着，即便如此，有时候我也能成功，有时候连着好几天没有一个人跟我说话，没人朝我走来，就好像我没来上课一样。

课间休息时，我一个人待在大树旁的一个角落里，绝大多数时间也没有任何人来和我攀谈，就连 MM 和他的同伴也没来找麻烦。我终于成功了，蜂毒奏效了，大家都看不见我了。

隐身的好处显而易见，没人来打搅我，没人欺负我，没人朝我吐口水，没人嘲笑我，我终于能安安心心地从学校走回家，而不用三步一回头五步一回首地担心有人从后面蹿出来愚弄我。

而隐身的坏处也是显而易见的，你希望能看到你的人也会变得看不见你。就像琪莉，现在她也像其他人一样看不见我了。

事情发生前的最后一个周一来临了。

“早上好，今天我们将花整堂课的时间来讨论一个新单词。”文学老师说着拿起一支粉笔。

她转过身，在黑板上写了下来。先是一个巨大的 E，接着是一个同样巨大的 M，然后是 P……就这样，直到这个我们大家都很熟悉的单词跃入眼帘。

对这个单词最有感触的男孩开始变得浑身局促，紧张起来，他知道当这几个字母拼凑到一起时会让自己变得比平常更加显眼，因为黑板上的这个单词所指的恰恰就是他自己最大的缺点。

隔着三排桌子，在倒数第二排，九个半手指的男孩看到这个单词也顿时紧张起来，甚至比隐身男孩还紧张，因为他知道这个单词所指的恰恰就是他最大的不足。

♦ ♦ ♦

书呆子

这就是老师在黑板上写下的那个单词，但是那天教室里没有传来一丝笑声，相反只有一片沉默。

“来吧，你们当中有谁能给这个单词下个定义？”

没人吭气。

“来，萨拉，就你吧，给我们说个句子。”

“嗯……嗯……他取得了最高分，因为他是个书呆子。”她说。

“嗯，好的……算一个，还有吗，你……”

“他周末从不出去玩，因为他是个书呆子。”

“嗯，好，来，那位同学再造一句。”

“他总是没怎么努力轻而易举就通过了考试，因为他是个书呆子。”

到第三句的时候我就发现同学们造的这几个句子无一例外都是以“他”，而不是“她”作主语。而我知道这个“他”指的就是我。

“你们觉得哪个更重要：是努力还是天赋呢？好，觉得努力更重要的同学请举下手。”

“现在，选天赋的举下手。”

选两者的人数旗鼓相当，而我则一个都没选。

“我想大多数同学都坐过飞机吧？我敢肯定没人希望飞行员是一个在中学时成绩最差，什么都不会做，什么也无所谓的人吧？大家每个人都希望飞行员在每次起飞前都能做足充分的准备，如果是同期中准备最充分的，那就再好不过了，不是吗？那么每当你们认识一个书呆子时，就想想，说不定他以后会成为你们日后旅途中的飞行员。

“你们知道吗，孩子们？中学只是短短的四年，或许对于某些人会更长一些。”说到这儿，MM 在椅子上尴尬地挪了挪身体。“但是毕业之后还有很长很长的时间，你们接下来会做些什么呢？”

教室里再次沉默。

“你们将会迎来整个人生，到时候将会面临各种各样的选择，你们是否会因为微薄的工资而辛苦工作一生呢？我敢跟你们打包票，你们现在对书呆子的嘲笑根本不能跟几年后他们对你们的嘲笑相提并论。

“因此，在你们嘲笑一个用功学习，想成就一番事业，为社会做出些贡献的人之前，想想以后当你们生病时谁将会给你们治疗，当难产时谁将会挽救你们的生命，当遇到事故时……”

这时，MM 连看也没看，就知道巨龙即将出马，将要对他展开毫无怜悯之情的攻击。

这时，老师也感觉到背上有东西在蠕动。她知道龙预谋已久，想要夺取这场谈话的控制权。

MM 和老师都不由自主地颤抖起来，因为他们都不知道龙将会说些什么，将把这场谈话引向哪里。

“比如，萨拉，”龙问道，“当你跌倒在地摔断腿时，是谁帮你治疗，给你做手术，发明了核磁共振的机器……？还有你，马尔科斯，当你妹妹出生时因为体重过轻是谁帮助你妈妈生产的？谁发明的婴儿保温箱使得你妹妹能在里面安然无恙？还有你，桑德拉……”

MM 此时意识到龙在所有同学上空盘旋，但它的终极目标非常明确：就是他。

在不到几分钟的时间里，他所担心的事情真的发生了，虽然没有出现任何名字，只是一个故事，一个在他身上实实在在发生的故事。然而 MM 十分不解，龙到底是怎么知道那件那么久远的事情的。

“或者你们想象一下，”龙继续说，“有一天和爸爸妈妈坐在车上，大半夜车失去控制冲出马路……”

“车冲出去是有原因的。”MM 在心里补充道。

“……你们遭遇了车祸，还是最严重的那种，可能有人会因此而丧命，你们自己或者车上所有的人。”

“不是所有人，只是我。”MM 自言自语道。

“车祸太严重了，你们被送进医院需要马上手术，因为车子碎片插进了身体的某个部位，生死就在一瞬间……”

“不是某个部位，而是在胸上，不偏不倚就在心脏正上方。”

“幸运的是手术很成功，但是你们必须在医院住上好长一段时间，每天都有做不完的各种检查化验。”

“确实是相当长的一段时间，大概两个月。”九个半手指的男孩回忆着。“在医院里住了两个月却不知道自己为什么会在那儿，明明什么也没做，什么也没…… ”想着想着，他的双眼竟然有些湿润，泛着泪花。

“想象一下，本应当给你们做手术的医生因为从小一直被人嘲笑，被人叫书呆子而没能出现，取代他的是同期中业务能力最差、最懒惰的医生。你们能想象到即将拯救你们生命的医生恰恰是从小因为学习用功而被你们辱骂的同学吗？”

“永远不要低估命运，特别是，永远不要嘲笑将来可能拯救你们生命的人。”

这时，MM 已经不在教室了，他的思绪飞回到了过去，飞回到一个七岁什么也不懂的小孩天天躺在病床上的日子……

多年前，也是在医院里

一个七岁的男孩每天早上醒来，不知道为什么自己要通过一根管子才能呼吸，为什么要吃那么多药，为什么手被绷带缠住。于是他问妈妈。

“妈妈，”他身体几乎无法动弹，“我为什么在这儿？”

一听到儿子的话，妈妈再也忍不住在他面前失声痛哭起来。她想消失，痛苦袭来时她想过一了百了，如果这样能使时光倒转，能改变一切……

MM 承认自己输了，他觉得龙要了阴招。有些陈年往事不应当再次被提起。有些回忆应当被深深埋藏在内心最底端、最深处。

他站起身，一言不发地走出了教室。

龙看到了，老师看到了，隐身男孩看到了，全班同学都看到了……但是谁都没有说话。

九个半手指的男孩怒气冲冲地走进了卫生间，开始疯狂砸向眼前的一切：门、墙、镜子……在愤怒的背后，他意识到手上有什么东西在嘎吱作响：血从他的指关节处渗了出来。

他把手放到水龙头下冲洗，忍不住地痛哭起来。泪水混杂着怒火、无能以及仇恨顺着脸颊流淌下来。

事故是在他很小的时候发生的，虽然距现在已经过去了好多年，可是他什么都记得，就好像有些记忆被永远烙印在了头脑深处。爸爸妈妈临上车前的争吵仿佛就在耳畔回响：妈妈坚持说爸爸的状态不应当开车；而爸爸则执意说只是喝了四杯不会有事。

就这样，在喊叫声中，一个不到七岁的男孩被安置在了后排座位上，没人给他发表意见的权利和选择。

汽车发动了，争吵继续着：妈妈的泪水，爸爸的吼叫。在这样的情感风暴中，小男孩内心害怕极了，但又不理解眼前发生的一切，因为在他这个年纪还不明白喝酒和开车这两个单词之间有着什么关联。

几分钟后，车身猛地一摆预示着最糟糕的事情即将发生：汽车冲到了对向车道上，前方驶来的汽车不停地亮灯提醒，好在最终避开了。妈妈的尖叫声，爸爸的尖叫声，以及一个想要逃离却因为年龄太小而无法做出任何决定的孩子的哭泣声，充斥着整个车厢。

过了一会儿，大家都平静了下来，然而这是一种灾难来临前的平静。

果不其然，车身又猛地摆了一下，这次可没有那么幸运，汽车径直冲出了马路。

没有系安全带的小男孩从座位上飞了出去。他那一双小眼睛看到周围的一切都在旋转。

突然他感到手上有些许疼痛，但这还不是最糟糕的，接下来发生的才是最致命的，一块金属插入了他的胸腔，就在心脏上方。

周围寂静一片。

妈妈看到血从孩子胸口往外喷涌时，声嘶力竭绝望地大叫起来。

爸爸跪在地上，用胳膊捧着孩子，眼睁睁地看着他的生命正一点点从指缝间溜走。

没人对这样一个遭受如此重伤的小小身躯还能存活下来抱有一丝希望，除了给他做手术的医生。据说他是最优秀的，一辈子都在学习，都在为拯救生命而时刻准备着……

孩子活了下来，尽管胸口上留下了一道大大的伤疤，还少了半截手指，但是他活下来了。

现在回想起来，当时多亏了像西红柿男孩一样的人他才活了下来。

🌢🌢🌢

就是从那时起，爸爸妈妈为了弥补心中的愧疚感，开始用金钱买来他想要的一切。

也是从那时起，爸爸开始逐渐疏远他。父子间一起玩耍的时间越来越少，拥抱亲吻越来越少，睡前的亲子阅读也越来越少……

小男孩永远也不明白这是为什么，因为七岁的他并不懂得什么是怨恨，七岁的他爱着爸爸妈妈，尽管他们对他疏于照顾，尽管他们不是世界上最好的父母……尽管他们弄出车祸差点儿要了他的命。小孩子就是这样，他们的爱是无条件的。

随着时间推移，父子间的关系越来越疏离，有时候俩人就像住在不同的世界里。

“可这是为什么呢？”他经常问自己。可能是因为羞愧，可能是因为他一直以来都没有原谅自己做的事情，可能每当他看到儿子时只看到了罪过。

MM 偷偷哭了起来，这是他永远也不敢当众做的事。他钻到盥洗池底下，坐在地上，把头埋在两腿之间；他希望这时龙能进到卫生间给他一个拥抱，尽管可能会灼伤他，尽管可能会把指甲掐进他的皮肤里……因为就算是恶棍，有时也需要一个拥抱。

突然他感到胸口上方，那道伤疤下有什么东西正在暗暗涌动。

♦ ♦ ♦

那天，有关书呆子那个单词的讨论让我意识到自己的缺点也许并不那么严重。老师说得很有道理，或许成为一个书呆子并不是一件糟糕的事。

那天 MM 也很奇怪，他离开教室去了卫生间却再也没有回来，第二天、第三天也都没有再出现。据说他撞到了手，骨折了。

于是接下来的几天都很太平。不管怎样，我的超能力也已经练得炉火纯青，可以隐身一整天，不会有人来跟我说话，不会有人来碰触我，也不会有人能看见我。

我终于成功了！我很高兴。现在我已经能控制自如，只要我想，就能不出差错地随时随地隐身。

所以几天之后发生的事情，让所有人大跌眼镜……

九个半手指的男孩，现在又有一根指头受伤了。他在家里思考着什么时候才是实施那个计划的合适时机，那件一直以来他不敢做的事情。

那件事很复杂，所以他一直以来都没有付诸实践，因为类似的事情只有勇士才能做，而他，在内心深处，从来只是一个懦夫。

在家的第三天他已经待不住了，于是决定出门。他知道在这个时间胡蜂男孩应该已经一个人走在放学的路上，差不多就要穿过公园了。最好是这样，他不想有人看见。

他藏在一棵大树后面，因为胡蜂男孩如果看见的话一定会拔腿就跑，所以他决定来一个突然袭击。

几分钟后，胡蜂男孩出现在了他的视线当中：低着头好像在数着步子，好像生活在另一个世界里。

接着他耐心地等待他从面前走过，然后悄悄地紧随其后，在他身后差不多十米远的地方开始叫他：

“咝。”

♦ ♦ ♦

这声“咝”像是一阵回忆的龙卷风忽然刮过，使得自他说“不”那天起所遭遇的所有悲惨经历都一一浮现在眼前。

他再次颤抖起来。

再次感到了害怕。

他不明白到底哪里做得不对。为什么偏偏在这个时候不能隐身了？哪里出了什么差错？是什么时候分神了吗？

因为有超能力，他能感觉到叫他的人应该在他正后方不到五米远的地方，他估测着。

他犹豫着，不知道此时是应该转身回应，还是拔腿就跑。

最终，他下定决心直面一切，于是回过头来，就这样，英雄和恶棍相对而立。

他的脑子被过去的种种回忆充斥着：走廊上的推推搡搡，进出教室的故意磕绊，背上喷吐的口水，被按进马桶里的头，塞满狗屎的书包，胡蜂事件的视频，散播在社交网络上的照片，琪莉当面说他懦夫时的表情，难眠的夜晚，尿湿床铺的清晨……最后这个回忆使他此时此刻身体里所有的害怕都汇聚在一起，达到了顶峰，最终意想不到、不受控制地以液体的形式释放了出来：他在众目睽睽之下尿裤子了。

恶棍诧异地、目不转睛地看着西红柿男孩裤子上的湿痕在慢慢扩大，这片湿痕将英雄心底所遭受的苦难暴露无遗。

他本能地四下张望，觉得 MM 的朋友可能就藏在哪里并用手机记录下了这一令人耻辱的瞬间。

他又看了眼 MM，跑着离开了。

MM 站在原地，在公园里又待了几分钟，看着胡蜂男孩突然毫无缘由地从他面前逃走了，他不知道发生了什么。他什么也没做，既没有碰到他，也没有和他说话。他对所发生的事情无法理解，可能是因为还太年轻，不明白在被箭无数次射穿的身体上所留下来的孔痕是无法痊愈的。

他转过身，环顾四周，没人看到眼前这一幕，这最好不过。

⧫ ⧫ ⧫

男孩拖着重重的身体回到了家。他知道再疼的伤痛自己都能扛下，因为经过长时间的磨炼已经对此有了免疫，但羞耻……却是另外一回事。

可是现在，偏偏就在他以为终于能够成功隐身，摆脱过去一切迎接新生活的时候出现了这种差错。他预想着最糟的后果，自己可能会变为大众的焦点，前所未有地被人关注。

他想象着几分钟后，或许就是此时此刻，学校所有的同学都将看到这个视频。而且不止如此，还会被同学的朋友，朋友的朋友，朋友的朋友的朋友所看到……如此这般，无限循环。最终将会有成千上万的人看到他是如何在大庭广众之下尿裤子的。

他垂头丧气地回到房间，扔下书包，扑倒在床，放声痛哭起来。这副身躯已经承受不了更多的惩罚。他已经在悬崖边徘徊许久，尽可能地在这满是敌人的世界里寻求平衡，可是他的双脚离地面已经越来越远，离万丈深渊却越来越近……

他又不由自主地想到了那段视频，想象着视频传到了戴着很多手镯的女孩的手机上。想象着她也躺在床上，打开了刚刚发到手机上的那个链接。想象着她看到他是如何毫无缘由只是因为害怕而尿裤子的样子。想象着她在嘲笑他，那种鄙视的笑，想象着……这就是他头脑里所想的事，毫无根据却又可以引起无休无止痛苦的事。

有一点，他已经考虑得很清楚了，自己不会再回学校了。虽然还不知道具体该怎么办，但是肯定不会再回去了。

他站了起来。

没有开灯，走进了卫生间。

脱掉身上的衣服。

开始洗澡，任凭水滴落下，冲刷着他伤痕累累的脊背。

他在黑暗中慢慢地擦干身体，这样就不用直视镜中赤裸的自己。

为了避免询问，他把裤子藏在了放置脏衣服的篮子里。

几分钟后，爸爸、妈妈和妹妹回来了。小女孩每天一进家门的第一件事儿就是跑进房间去看他。

“来，吃晚饭啦！”过了一会儿妈妈从厨房喊道。

他们俩慢慢从楼梯走下，妹妹牵着他的手，而他则在认真观察房子里的每个角落、每个细节，谁知道明天是否会将这一切都忘记。

吃饭的时候，外面传来了震耳欲聋的打雷声。

“妈妈，这是什么声音？”妹妹问。

“是雷声，没事儿，不用担心。”妈妈回答。

晚饭后，兄妹俩换上睡衣，刷了牙。当哥哥在收拾房间的时候，妹妹手上拿着一只毛绒小羊玩偶进来了。

“今晚我能和你一起睡觉吗？暴风雨来了，我害怕。”

“可以，当然可以。”哥哥一边回答，一边脑子里仍然不受控制地想着曾经的那段视频，想着琪莉，想着白天发生的那件令人无比羞耻的事。

“太好啦！”妹妹笑着说。她的笑能抵过全世界。

俩人钻进被窝。男孩准备将这辈子最难以启齿的遭遇以故事的形式讲给妹妹听。

“你今天给我讲什么故事啊？”妹妹一边蜷缩在他的胸口一边撒娇地问着。

“讲一个没有人爱的小男孩的故事。”他答道，眼睛略微颤了颤。他想还好灯关着，这样她就看不到他抑制不住夺眶而出的眼泪了。

“没有一个人爱他？”

“是的，露娜，没人爱他……”

这时他心里的那座灯塔开始在大海上摇摇欲坠，它是那么脆弱，那么无助，那么孤单，甚至不需要借助一丝外力就能瞬间分崩离析。

“但是我肯定会爱他的，世界上肯定还是会有爱他的人的……”

“是的，露娜，我知道你爱他……”

“一个人怎么可能会没有人爱呢？”小女孩问着，在她这个年龄，天真尚存。

男孩沉默着，不知道该如何回答。

“露娜，你知道我很爱你吗？”他紧紧地搂着她说。

“我知道，我也是，我也很爱你，很爱很爱你，超级爱你。”她像个小婴儿一样蜷缩在他的怀里说着。

“我会永远爱你，露娜，一直爱你，你是我生命中最美好的存在，但愿生命就是如此，但愿生命就是你。”说着男孩把头埋在了妹妹小小的柔软的胳膊里。

“你怎么哭了？”妹妹问。

“因为或许有一天我可能就不在这儿，不在你身边了。”

“但是我不想让你走，我想和你永远在一起，永远不分开……”她的眼皮越来越沉，说话的声音越来越小。

“我知道，你别担心，我会永远和你在一起，永远爱你……”

“我不想让你走，我不想……”小女孩最终敌不过睡意，闭上了眼睛，小手还紧紧抓着哥哥的指头。

“可是我这么没用，”他低声说，“我是一个废物，所有人都嘲笑我，我不明白我的出生到底是为了什么……”

他抱住了她。

就这样，俩人躺在床上，脸贴着脸。

她感到幸福、安全，被满满的爱意所包裹。

而他则没有任何知觉，什么也感受不到。

第二天，我很早就醒了，妹妹还在那儿，在我床上，躺在我的身旁，用手抓着我的胳膊。我小心翼翼地起来，怕把她吵醒，打开床头灯，把头探出窗外：此时还在下雨，这雨看起来一整天都不会停。

我开始仔细地看着卧室墙上贴着的海报，堆满漫画书的书架，摆放着那么多照片的柜子……我不知道为什么自己想把这里所有的细节都记住……万一哪一天我再也看不到这些了。

过了一会儿，爸爸妈妈房间里的闹钟响了。

那天早晨，当我和露娜吃早饭时发现，至少在家里我还是可以隐身的，我的超能力还在。

⧫ ⧫ ⧫

爸爸像往常一样，急匆匆地，嘴上说着一句没人听见的再见就出门上班了。他没有意识到自己找车钥匙的时间都比和儿子说话的时间要长。

奇怪的是，当一切为时已晚，当一个人回到家中连自己的脸都记不清楚时，这种细枝末节该有多么重要。我们几乎总是想当然地以为眼前的东西永远都会在那儿，而不是像随时会失去一切那样珍惜每个当下。

当爸爸出门上班后，他开始仔细观察妈妈。这个女人在家里来回穿梭，为妹妹准备好出门的一切，到处翻找自己上班背的包，尽可能地将厨房收拾整齐……

妈妈在抱起露娜出门时，几乎都不会注意到他，没有意识到眼前有一副身躯正在慢慢褪色，逐渐消失在家具中。

就这样，一个不同于以往任何一天的早晨开始了。

所有人都出门了，就剩我一个人待在家里。

那天我一点儿也不着急，不准备去学校，也不准备再回去了。整个晚上我都在考虑着种种可能性。最先想到的就是把书和笔记烧掉，这样至少就有一个不用去上学的理由。

我回到房间，拿起书包，把所有和上学相关的东西都放了进去，然后拿上手机和一个打火机。

不知道为什么，我不知不觉中走进了露娜的房间，看了好一会儿她的小床，她的毛绒玩具，她的各种绘本……突然看到了一个东西，就在桌上，于是我将它拿起，使劲儿塞进了书包。

紧接着，我下楼来到厨房，关掉灯，出了门。外面的大雨依然还在下着。

有一瞬间，我想冲回家去拿把伞，但转念一想，要是有人看到一把伞在街上飞来飞去，而又看不见撑伞的人该是多么荒谬的一件事情。

我一边走着一边又想起了摆在我面前的各种选项。脑子里一团乱麻。我知道，那天在公园里被 MM 看到是一个失误，肯定是因为分心所致。的确，在过去的几周中，在一天里的某些时候我还是会现身：比如在课堂上，在家里和家人吃晚饭时，去商店买东西时……但是所有这些时候我都是有意而为之的。在过去的几周里，只要我想隐身总能成功。我很清楚只有当和妹妹在一起时，超能力才不会奏效。但是，要是现在在 MM 面前也不奏效了呢？要是我的能力开始慢慢消失了呢？要是蜂毒渐渐失效了呢？

尽管也可能会有别的解释。我逐渐意识到，唯一一个不管在任何情况下总能看到我的人就是妹妹，而她恰好就是我最爱的人，那么……如果顺着这条规律，或许我最恨的人，MM，也能看见我。

我必须要调查清楚，搞明白上次是因为我没有集中注意力而造成的失误，还是真的是我的超能力在慢慢消失……因为如果是后者的话……

雨越下越大，而我也越跑越快，一路飞奔到围墙那儿，纵身一跃，尽可能快地钻进我的秘密基地。

我卸下重重的、塞得满满当当的书包，掏出了里面装的所有东西。

我把妹妹的毛绒小羊取出来，和其他东西一起放在了一个小隔板上。我也不是很清楚当时为什么会拿它，或许这样，我会觉得妹妹离我很近，就在身边。

我拿起打火机，觉得不回去上课的最好方式就是把一切和上学有关的东西都烧掉：课本、练习册、笔记、书包……

一开始我费了好大劲儿，因为淋了雨书包是湿的，半天点不着。但是书本等别的东西都是干的，于是我把所有纸质的物品又扔进包里，然后点着打火机，看着眼前的一切化为灰烬。

我又看了看墙壁上贴的东西：纸、名单、画……都是我在近几个月里一点一点收集的。

现在呢？

现在我要搞清楚这只是一次偶发事件，还是我隐身的超能力确实在逐渐消失。有一个方法能够确定，当下要做的就是等待。

🌢🌢🌢

学校的上课铃响了，所有的同学都飞奔起来，毫无秩序，不受控制……每当下雨时就会这样，像是到了世界末日。

进到教学楼里，每个人都赶去自己的教室，等待着又一天的开始。

在其中的一间里，确切地说，是在顶层右手边第二间教室里，一位老师走了进去，和所有同学打招呼。她没有注意到有人没来，就拿起粉笔，准备在黑板上大大地写下今天要学习讨论的单词。这时是龙，它发现了教室里有一个座位还空着，于是扭动着身体想要引起她的注意。随着它的扭动，老师感到背上传来一阵阵的疼痛，于是她转过身来，发现有人缺席。

“谁知道他怎么没来？”

教室里静悄悄的，没人回答。

她诧异地回过身，又开始继续写着。她在黑板上写下了I，N，V，I……正当准备写下下一个字母时，龙又焦躁不安地扭动着它庞大的身躯。

她放下粉笔，回过头去，又定定地看向那把空椅子。

“我去找校长说点儿事，马上回来。”老师说着，头也不回地走出教室，黑板上留下了那个没能写完的单词。

♦ ♦ ♦

男孩儿不知道人们现在是否能看到他，于是决定离开他的庇护所去寻求答案。

他像个杂耍艺人一样在雨中行走，试图在那两根平行的电线上保持平衡不被滑倒。他向前走了一段，恰好就在转弯处，选了一个显眼的地方想要证明他的超能力确实还在。

他就站在那儿，在光天化日之下，等待着答案的揭晓。

龙像一阵飓风呼啸着，冲入校长办公室，想要问她隐身男孩的下落，可校长什么也不知道，没人跟她打过电话说这孩子今天不来上课。

“咱们应该马上通知他的父母。”老师焦急地说着。

“嗯，没有这个必要吧，要是每次发生这种事情就给父母打电话……”

“但这是制度，必须得打。”老师坚持着。

“好吧，就按你说的做。”

她找来电话号码，拨了过去。

几公里外的一部手机被拨响了，可是无人接听。

她挂断电话，又拨打了另一个号码。铃声响了一下、两下、三下……这次很走运，男孩的妈妈接了起来。

可是谈话并没能解决什么问题，正相反：她也什么都不知道，不明白儿子为什么今天没去上学。

从那一刻开始，害怕、疑问、焦急，所有情绪都一股脑地涌上心头。龙决定是时候出面来掌控局势了。

“我去找他。”它没有期待任何回复地脱口而出。

“什么？”校长抗议道，“但是，你要去哪儿找？你疯了吗？你现在应该做的就是回到教室，和你的学生待在一起，好好上课。我们会采取相应的措施，但是你得……”

但是老师不想再听她没完没了地絮絮叨叨，已然走出了办公室。她知道她有可能会搞错，但是龙不会，龙永远都不会搞错的。

她取出钥匙，打开车门，担惊受怕地在雨中行驶着。

她很清楚应该到哪儿去找他。她知道他的庇护所，或许此刻那里已成了他的坟墓也说不定。她已经不是第一次跟踪他了，从很久之前就开始了，尽管他毫不知情。

她是从公园里的那次事件后开始跟踪他的。那天 MM 和他的同伙发现他一个人坐在长椅上，觉得这是一个千载难逢的好机会，于是就想趁机对他报复殴打。她至今仍然清晰地记得那个可怜男孩的反应，他像是一只毫无还击之力的羔羊，静静地待在那里任人宰割，唯一做的就是紧闭双眼，蜷缩成一团，将头深深埋在双腿之间等待着一顿毒打。

可是等了半天也没有等来，那是因为就在那时老师从另一边走来，直勾勾地盯着那帮施暴者，MM 和他的朋友们才决定作罢，装着一副若无其事的样子继续向前走着，就好像隐身男孩真的能隐身似的。

他们又尝试了好几次，可是每一次老师都在最后关头突然现身。

从那时起，她就几乎总跟着他，所以现在才知道在哪儿能找到他。

雨继续下着，下在那个一动不动、小小的身躯上。他知道快了，马上就能知道答案了。尽管现在还看不到，但是已经能够感觉到脚底传来的答案的呼吸声：那是一种震颤，每一分每一秒都愈发强烈的震颤。

他坚信自己的超能力没有消失，仍然能够隐身，或许因为这是鼓励他在这样一个冷漠无情、没有人疼、没有人爱的世界里继续存在的唯一希望。

答案就在眼前，虽然还有相当远的一段距离，但已经能看见了：一个随着不断靠近在慢慢变大的小圆点。

目前除了安静以外没有别的声音，至少这是一个好迹象。

小圆点继续慢慢靠近，慢慢变大，还是没有一丝声响。他暗暗地在心底笑着。

这抹笑在听到喇叭的轰鸣声时瞬间凝固在脸上。巨大的喇叭声响充斥了周围的一切，哔哔声像是一根针，刺穿他的脑袋。

“我不明白，我不明白，我不明白，”他自言自语道，“这不可能……”

🌢🌢🌢

一辆汽车飞驰穿梭在因雨水而变得模糊的街道上。开车的女人无法靠在座椅上，因为她的背上灼热无比，就好像椅背上燃烧着熊熊烈火。有一瞬间她甚至觉得龙就要挣脱束缚，从她的身体里一跃而出。

她赶到了地方，可是不知道把车停放在哪儿，没有车位。“管不了那么多了，”龙朝她吼叫着，“就停这儿，停到人行道上！”

她照办了。

女人和龙从车里下来，朝着围墙的方向飞奔而去。

喇叭继续对着一个不明所以的男孩鸣叫着。他的身体像是被下了咒语似的固定住了，在雨中纹丝不动，仿佛雨水也想在此刻将他淹没。

喇叭声揭示了两个真相：一个是他的，他脑子里所想象的；另一个，是我们其他人所知道的。

前者使他以为在几个月的隐身生活后，因为某种原因他的超能力消失了。这个真相有点让人难以接受，因为这意味着一切又回到了原点：回到遭受辱骂、殴打、嘲笑、暴力的日子。

而后者，也就是大家都知道，可他连想都没有想过的真相：或许他现在能被看见是因为一直以来就是如此，他从未能隐身过。但是当然，承认这一点对这样一个如此脆弱的小小身躯来说太过残酷：意味着几个月以来大家都目睹了在他身上发生的一切，尽管如此，没有一个人站出来帮助他。不，这不可能，这个可能性他从来都没有考虑过。

💧💧💧

十秒

喇叭声持续不断地鸣响着，而且声音越来越大、越来越近，冲着这个一动也不动的男孩。

在这危急关头，头脑中残存的意识决定立马采取措施，希望能将这具失去生命力的躯体唤醒，于是开始向他输送童年时期的片片回忆，那时他也是初生牛犊不怕虎，还不知道害怕为何物。

乡下散发着柴火味儿的房子；外公随时随地从耳后一变而出的硬币；几乎回回都能取得胜利的飞行棋比赛；外婆悄悄递给他的棒棒糖……和爸爸一起躺在沙发上，将头靠在他的胸口酣然入睡时的美好时光；妈妈周五做的美味通心粉的味道；用心堆起但最终总会被海浪冲走的沙堡；挂在树上的风筝；游泳池里的嬉戏；重感冒卧床一周时妈妈对他的悉心照料；牙齿掉落后家人送给他的大大的礼物；每当晚归在车里睡着时，被爸爸搂在臂弯里扛回家的漂浮感……

但是闪现在头脑中的都是一些遥远记忆的零星碎片，头脑无法过滤出最近的、更令人伤痛的回忆：比如第一次被推搡时的无力感；每次被攻击、辱骂后同学们对他的嘲笑；被扔在地上踩得稀烂的三明治；试图向所有人掩盖的背上的伤疤；尿在自己身上挥发出来的味道……这些才是使这副躯体在雨中，陷入一动不动的最为真实的可怕回忆。

八秒

他的意识想再尝试一次，他知道留给这个男孩的在绝望的冲击中生还下来的时间越来越少。因此，当第一个办法不奏效时，就赶紧改变策略在回忆中找寻别的突破口：爱情。

于是大脑开始向这具被声音禁锢住的身躯传输图像：她晃动胳膊时手上手镯随之发出的沙沙声；那天下午无意之间两人双手间的碰触摩擦；脸颊上的第一次亲吻；当她微笑时雀斑随着脸上肌肉浮动的一起一落；穿插着微笑以及紫色爱心表情符号的短信；告别前的眼神流转，睡觉前想起她时的小小幸福；最后一次生日时许下的愿望；此时仍然在秘密基地墙壁上贴的插画：巨型松鼠和懦弱勇士的对抗，指向两个大写缩写字母 MM 的那把手枪……突然，别的某些画面突如其来地打断了眼前的美好回忆：那天放学回家时她欲言又止最终对他说出的那声懦夫；两人之间戛然而止的谈话；作为一个旁观者远远看着她和别的男孩说话……特别是，裤子上的那摊尿渍，现在想来当时她肯定是看到了，也肯定在心底发出了声声嘲笑。

六秒

此时已经能感觉到就在他的脚底，所有的一切都在震颤，是死神来接他了。

🌢🌢🌢

龙在飞过低矮的围墙后，继续在空中盘旋攀升，想在高处看看能不能获得什么线索。

就在这时，它看到了他：一个小小的身影在雨中一动不动地站在平行的两条轨道上，而火车正呼啸着迎面驶来。

它知道已经来不及了，尽管如此，它还是张开巨大的翅膀尽可能地快速向地面飞扑而去，吼叫着，喷吐着火焰，愤怒，恐惧……

它也知道将要在它面前带走男孩生命的不是这辆火车，也不是MM；终结这个还未绽放的生命的是所有那些冷眼旁观却又视若不见的人；还有那些连看都不想看的人。它知道要是其他人不推波助澜的话，他一个人是无法隐身的。

即便知道已经来不及了，龙还是尽可能地快速飞去。

五秒

大脑知道它还剩最后一次机会。

五秒是向他输入正确回忆的最短时间，这次可不能再失败了。

四秒

大脑想出了一个主意，嗯，实际上是两个。向躯体传送一个谎言，一个在男孩所创造的超能力的世界中貌似真实可信的谎言，一个可以给予他希望的谎言。

然后，马上用爱的回忆将他包围，但是这次是另一种爱，一种永远不会消散，永远不会变质的爱。

谎言奏效了……

谎言

我不太清楚在那一瞬间脑子里到底在想什么，只记得自己就那样定定地站在那儿，站在雨中，看着一个黑黑的小点是如何越变越大向我靠近。

啊，我还记得火车喇叭发出的难以忍受的轰鸣声，这声音贯穿我的脑袋，和深夜里让我无法入眠的声音如出一辙。

突然间，我不知道为什么，脑子中闪现出了一个想法，一丝希望……要是火车司机看到我是因为下雨的缘故呢？这是有可能的，这可能会成为一个解释。我还是能隐身的，但是在雨中司机看到了轨道上有一个剪影，所以才会鸣笛，肯定是这样！就是如此！司机看到的仅仅是雨中我的剪影，而不是真正的我。

这个想法使我受到了一点儿鼓舞，但是尽管如此我还是觉得身体太重太累了，对于一切都感到疲惫，疲于人们对我的无视，疲于长久以来被孤立的生活，疲于琪莉对我的不理不睬，疲于每天奔跑躲避，疲于这样生活……

三秒

♦ ♦ ♦

我也是，

我也很爱你，

非常爱你，

超级爱你。

爱

接着她走进了我的脑海。

此时在我眼前看到的不是火车，而是张开双臂向我跑来的露娜，就像每天我放学回家时那样。

我看到小小的她，躺在摇篮里，沉沉地睡着。爸爸妈妈说“现在轮到你帮我们来照顾她啦”；我看到她学走路时朝我伸出的小手，每当她摔倒时我的担心害怕，每当她微笑着重新爬起时我的开心；我看到我俩手牵着手穿过马路，上下楼梯……

我还看到她骑着自己的小自行车，在没有辅助轮的情况下试图保持平衡，爸爸跟在身后保护她不跌倒，而我则在她跌倒时鼓励她不要害怕勇敢站起来。

我看到她各种各样的微笑：当问起我是否能和她一起睡觉并得到肯定答复时的微笑；偷偷塞给她饼干时的微笑；过生日我回到家给她掏出口袋里的棒棒糖时的微笑；我看到她假装给我量体温、喂药、将真的创可贴贴满我全身时的微笑。

我看到那个即将把我吞没的黑影在慢慢靠近、变大，就像露娜的身影一样。

她已经在我眼前了，跟我说着她爱我，非常爱我，超级爱我，跟我说着让我不要走，不要离开。

这时我看到她伸出小手让我拉着，求我陪着她和她一起走，跟我说她害怕，不想待在这儿，想要回家，回到我们的房间，我们的床上……让我给她讲个故事，但是不要听那个没人爱的小孩的故事，想要听另外一个……“你重新编一个好听的故事，一个有着美满结局的故事……”

我也伸长了胳膊，把手递给她。

当龙正要飞抵目的地时，对眼前发生的一切目瞪口呆。它看到男孩伸长了胳膊，像是在把手递给某人，他缓慢地移动着，就在从轨道上走下的那一瞬间，火车呼啸而过。

🌢 🌢 🌢

火车没有直接撞击到他，是死亡的力量使他远远地冲飞了出去。龙不知道他落在了哪里，它暴躁地一跃而上，想在空中寻到他的下落。

它看到他了，在几米远之外，躺在一摊大水坑中，一动不动。

它用尽全力，穿过雨水，带着害怕和悔恨从空中一飞而下，小心翼翼地将他捧在爪子里又腾空而上，想要把他带去秘密基地。

龙降落了，将男孩缓缓放在地上，用它巨大的翅膀拥抱着他，温暖着他，给予他渐渐失去的热量。这时它发现，男孩头上流出一股股温热的鲜血。当它移动他时，便发觉孩子已经停止了呼吸。

龙的嘴唇贴到了男孩的两片嘴唇上，想要将体内的热火传递给他。

它吹呀，吹呀，吹呀……想要挽回他的呼吸。

它吹呀，吹呀，吹呀……将氧气、热量，特别是希望，源源不断地输送到眼前这个男孩的体内。

它吹呀……

终于，他感觉到了龙的温度，重新有了呼吸。

开始咳嗽。

轻微地动了动身体。

本能地抱紧了龙，就像海上遇难者紧紧抱住漂浮在面前的救生圈。

龙哭了。

🌢🌢🌢

在等待救护车到来的时候，男孩躺在她的膝头，老师开始观察起周围的一切。她意识到这个地方是男孩的避难所，他在这儿试图用回忆与世间的恶相抗衡。

她看着墙上贴着的好几幅画，一个小女孩画的画，应该是他妹妹，她猜想。在那些画里总是有两个人：一个穿裙子的小女孩，和一个稍高一点儿穿着长裤汗衫的男孩。两个人在荡秋千，在公园里玩耍，在海滩嬉戏，两个人手牵着手……

她还发现了其他一些画，看上去像是由年龄稍大点儿的，或许是和男孩同龄的人所画的：一幅里画着一个勇士和一只巨大松鼠对抗的场景；一幅里画了一把瞄准两个缩写字母 MM 的手枪；另一幅里一个男孩将圆珠笔一样的箭射向一个像怪物一样的庞然大物，还有一幅穿着战袍的胡蜂占据了整张画面……一张张，一幅幅，老师翻看着这些在那时还不知道是出自谁手的画作。

她还发现墙上的隔板上摆放着好些物品：一堆漫画书，蝙蝠侠的面具，超级英雄的玩偶，儿童玩具，一个放有老师也认识的女孩照片的相框，一个小球，一只绵羊毛绒玩偶……

她止不住眼泪地叹了口气。

她转过头，看向另外一边，在对面的墙上发现了另一个东西。

♦ ♦ ♦

她看到墙上用粉笔写的貌似名单的东西，一张巨型名单，上面出现了很多很多名字。她开始从最上面一行左侧读起：

在课间休息被摔倒在地时没有看见我的社会学老师。

当我书包被翻空时在公园里穿着红色连衣裙的女人和旁边拿着公文包的男人。

大卫和莉莉安娜。

我跑出空地时推着购物车的老太太。

学校门卫。

历史老师。

我的同学尼克、萨拉、克洛伊和卡洛斯。

放学时学校大门外执勤的警察。

数学老师。

我的同学哈维、伊克尔、胡安霍和贝萝。

爸爸。

没有看见我从卫生间出来的两个三年级的学生。

萨罗。

校长。

放学时待在车里的家长。

妈妈。

我的同学艾斯特尔、佩德罗和玛利亚。

艾斯特尔的爸爸。

玛丽娜和她的妈妈。

放学时在咖啡厅露台喝东西的女人们。

琪莉。

琪莉的妈妈。

当我尿湿裤子回家时从我面前走过的女人。

我的同学桑德拉、帕特丽夏、西尔维娅、赫克托……

老师这才明白这张名单的含义。这是他的耻辱名单。名单上的所有人都是使她怀里的这个男孩不被人所见，以为自己隐身的始作俑者。她温柔地抚摸着他的脸庞，用尽所有的力气将他紧紧抱在怀中。

她看着这张名单自言自语：我们到底建设了怎样的一个社会？我们什么时候也在不知不觉中变成了恶魔？

可见

几分钟后，周围充斥着救护车的轰鸣声，男孩微微张开双眼，挤出一丝微笑，说了一个单词："露娜……"

应该就是从那时起，他又变得被人可见。对所有那些前来围观，用手机拍着视频，在听到火车汽笛声、刹车声以及救护车声赶来凑热闹看看火车轨道上究竟发生什么事的人来说，他是可见的。

对于从急诊入口一进医院就赶来救治他的医生来说，他是可见的。

对于他的爸爸妈妈来说他重新变得可见了。他们前所未有地惊慌失措地从公司赶来，因为没有比不知道儿子怎么样了这种不确定性更让人害怕恐慌的东西了。

对于学校所有的老师来说，他可见了。一些老师一脸担忧地假装不知道为什么会发生这样的事情。终于，校长也能看见他了，她会为他的安危而担忧，但更让她担忧的是这将对学校的声誉以及收入造成何种程度的影响。

对于所有的同学来说，他可见了。对于那些根本不认识他的同学，对于那些知道发生着什么但却没有上前阻止的同学，以及对于那些做着墙上挂着的关于“世界和平”“帮助弱小”“文明和睦”等手抄报、海报，但却不知道如何帮助身边同学的同学。

对于那些在听到消息后，对所发生的事情感到遗憾的同学的父母来说，他也是可见的：“可怜的孩子，我希望他能快点儿好起来，怎么会发生这样的事？”这些家长从来没有把眼前这个男孩和给他们带来那么多欢乐的胡蜂事件视频中的男孩联系到一块儿。

当然从此刻起，对于所有的记者来说，他更是可见的。他们在听闻消息后纷纷赶来，忙于报道将会霸占各大版面的内容，尽管只是几天。

对于他最好的朋友萨罗来说，他又可见了。从此刻起，萨罗心底将一直背负着愧疚，整日整夜地想着那些他本来能够做的事情，本来应该出手的时机以及接下来该如何弥补过去……

当然，对她来说，他也可见了。尽管她试图通过画画来帮助他，可这远远不够，她在房间里因为愤怒、无能，以及对他的爱而哭泣……并且她一直在写着那封或许有一天有足够勇气递给他的信。

又或许，尽管我们永远也不得而知，对于我们所有人，所有曾经驻足观望但又不想介入其中，所有看到真相但又想把头转向另一侧假装没看见，以及那些信奉着事不关己高高挂起人生哲学的人来说，他又变得可见了。

♦ ♦ ♦

龙

特别篇

她在大街上走着，伤心地哭着，但是没有掉下一滴眼泪。或许是因为这些眼泪想要停留在眼眶周围，像盾牌一样帮助她，好使那残酷的真相变得模糊不清。

现在是龙拖着这具不愿动弹的身躯向前移动，它每挪一步就忍不住要停下来想象，要是火车早一秒到达，或者男孩再晚一秒躲开会发生什么。

她决定不再闭上眼睛，就这样，强忍着疼痛，咬着下唇，直到尝到鲜血的滋味；攥紧拳头，直到指甲深深地扎进皮肤；她困难地呼吸着，就好像那头大象现在正重重地压在她的胸腔上一般……

她继续向前走着，视线没有抬离地面，像小时候一样，觉得这样恶魔就不会察觉到她的存在。

在穿过好几条街道以及头脑中闪现过万千思绪后，终于，在一个角落里，她停下了脚步。差不多已经到了，她抬起头，用那双模糊不清的眼睛观察着对面人行道上的一切，最终确定了她所寻找的那栋楼房的位置。

它没有什么特别的……就是住着芸芸众生的一栋楼，和它周围的楼房也极其相似，那么普通，那么……即使这样，她也知道她找得没错，就是那栋楼。

她深深地吸了口气，目不斜视地径直走去，直觉告诉她，龙会在任何危险情况下挺身而出，在她身后默默保护着她。

她穿过了街道。

又向前走了几步，来到门廊处，叹了口气。事实上，她也不知道自己是否准备好面对那扇门背后的一切，准备好面对那让人如芒在背、如坐针毡般的谈话。

她又叹了几口气，两口、三口、四口、五口，直到终于鼓足勇气走了进去，眼睛仍然一眨不眨地忍受着眼泪的重量。

她按下了电梯按钮，很快门就开了。

她走了进去，轻轻地按下数字 4。

电梯载着她向上运行。

而龙也紧随其后一起上了楼。

出了电梯间，她定定地看着眼前的三扇门，其中一扇的门牌号码是：4B。

周围一片寂静。

就连电梯在关上门时都没有发出任何声响，向下消失而去，仿佛想要尽快逃离这个既尴尬又伤痛的场面。

就在这时，女人终于闭上了眼睛，任凭泪水像瀑布一样一泻而下，沾湿了地上写着欢迎字样的入户地垫。

她就站在那儿，等待着，虽然知道不会有任何人给她开门。

她之所以知道是因为她太了解这间公寓的主人，因为那人正是此时此刻站在门口决定到底要不要进去的她自己。

🌢🌢🌢

她一进家门就朝卧室走去，并开始脱掉衣服：一件无法抵御心底寒冷的外套，那种在整个世界崩塌时从地底滋生出来的寒冷；一双沾满泥土、愤怒以及无能为力的鞋子；一条时刻提醒她一切都是实实在在发生，溅有别人血迹的连衣裙……

她赤身裸体地站在镜子前看向自己时，知道她不是孤身一人，因为它一直在她身后，寄居于她的皮肤之上。她也知道如果自己想看到它只需要稍稍转身，将背对着镜子，轻轻向后扭过头就可以了。

她这么做了，于是她看到它了。

她看到那条在很多年前，当她还和这个差点儿在火车前丧命的小男孩差不多大时就出现的龙。问题是它出现时已经晚了，那时她的背部已经伤痕累累，钻心的疼痛让她感到自己就要在那一刻死在地板上。

她关掉灯，缓缓地钻进被窝，面朝下躺着，好让龙能好好休息，大口呼吸。在经历铁轨事件之后，它已经累得精疲力竭了。

在这样一个私密时刻，两人开始了无声的交谈，一场不可能的对话，回忆起多年前她濒临死亡时龙出现那天发生的事情。

🌢🌢🌢

那天对于这个总是带着恐惧到达学校的女孩来说，是生命中的重复上演的又一天；她在离家时就迫切盼望着回家的时刻能赶快到来。

女孩只有在自己卧室里才感到心安。她在四面墙上贴满了各种神话人物以及仿佛只有在书中才存在的梦幻场景的画报。

在所有装扮房间的图画中，有一条巨龙占据了大半个房顶。

多年以来，她把龙当成自己的倾诉对象，将每天发生的事情都一一讲给它听，并且龙会给予她别人不知如何给予的帮助。

她的房间就像是一个庇护所，在那里她感受到了在外面真实世界中从未感受过的陪伴和安全。

女孩只有在周五和周六的晚上才能踏踏实实幸福地睡个好觉，但是每当周日快要结束时就又会不自觉地开始颤抖。她不想在早晨起来，因为她知道只要一跨出家门，等待着她的就是无尽的孤独和害怕。

现在她也不和她那三个最好的朋友，萨拉、玛尔蒂娜，或者劳拉一起约着上学了，自从她沦为被欺负的对象后，她们仨就开始刻意疏远她，和她保持距离。

现在她一个人走在上学的路上，小心查看每一个路过的角落，当靠近那个只有无尽痛苦无边苦难的地方时，立马垂下眼睑，低头看地。或许是因为她认为只要不抬头看那些恶魔，它们也就不会注意到她的到来。

最近女孩意识到摆在她眼前的只有两条出路：奇迹般变成大人，或者……下定决心永远也不长大。

实际上她也不记得这一切到底是从什么时候开始的。只是命运造化，恰巧落在了她头上。她既不高也不矮，既不漂亮也不丑……没有任何一个理由能解释那些欺凌者的行为。

那天早上，女孩从家出发时就已经做好了各种思想准备：迎接等待着她的拳打脚踢；午饭里或身上被吐的口水；被抢走并被随意乱扔的书包；蔑视的目光，被人无视，独自漫无目的闲逛的课间……唯一没准备好的恰恰就是那天所发生的……事实上，没有一个人做好了准备。

这场悲剧有可能被避免吗？这是事发后被问得最多的问题，灾难过后只剩惋惜。

是的，当然是可以避免的，很多人本可以避免它的发生：她班上的同学，那些从来不是朋友的朋友，以及已经不是朋友的朋友；尽管知道实情但却假装充耳不闻的老师；学校校长；有所怀疑但又觉得事不关己的家长；甚至她自己的爸爸妈妈，要是在女孩回家后，在看到被弄脏的衣服时，能坚持追问到底，弄清真相……他们中的任何人本可以阻止事情的发生，但是不管怎样，必须早早介入；但是那天已经晚了，骰子已经被掷出了。

那天早上出门时，女孩从没有想过，终于，她每晚向房顶上的巨龙许下的愿望就要成真了：我再也不想回学校上学了。

*“这只是个玩笑”*这句话成了所有一切的托词。当她的书包被有意藏起时，***这只是个玩笑。***当她被人推搡摔倒在地时，***这只是个玩笑。***在健身房将她脱掉衣服时，朝她饭菜中吐口水时，在黑板上她的名字旁写下妓女字样时，***这只是个玩笑。***

当然，那天即将发生的事儿也只是个*玩笑*。

那是午饭时分，对于这个从来不感到饥饿的女孩来说是一天中最难熬的时刻。

每天的日常差不多都是一样的。她先独自一人坐在角落，脆弱地感受着被人一直观察的不适。她会吃点东西，但只是很少的一点，然后等待着那群恶魔向她步步靠近。当走到她身边时，他们总是朝她身上扔各种各样的食物，这样她就不得不穿着被弄脏的衣服直到放学。回家后还得想方设法找各种借口避免爸爸妈妈的问题把残忍的真相揭露出来。

但是那天……不知怎的，女孩的内心发生了某种变化，或许是因为她穿了一件别人送的漂亮新衣服；或许因为凡事都有底线，即使恐惧；又或许龙在那一刻已经附着在她的体内。

那天她暗下决定不准备让他们的计谋得逞把衣服弄脏。因此，一看到他们靠近，就快速吃光碗里的饭，这样一来他们就没什么好扔的了。

但是邪恶不是那么容易就屈服的，恶魔们看到她所做的一切也随即改变了策略。他们中的一个走向另一张桌子，拿起一个还剩些汤汤水水的盘子。

剩余三个从老远处就不住地发出咯咯咯的笑声，谁将成为可怜的受害者显而易见。

慢慢地，他们向她走去。

上课铃响了。

几百个学生开始起身离开，向各自的教室走去，餐厅里的人越来越少，也变得越来越安静。

女孩颤抖着，四下里张望着想要找寻一个逃离的出口，一个能躲避现实的地方。

她看到了，厨房的门在向她招手。

她急忙站起身来，飞快地向那扇门跑去。

她想厨房里肯定还有些厨师在那儿。但是没想到的是，进去以后竟然空无一人。或许是出去倒垃圾了，或许是在即将结束这一天工作前，到门口去抽最后一根烟……她只身一人待在厨房里。

她又开始全身发抖，因为她知道已经没有时间再找另外的出路了。

门开了，三个恶魔走了进来。

接下来发生的便是所有人都看到，却没人阻止的事情所带来的后果。因为后果不管怎样，迟早都会来的。

女孩战栗着，弯下腰开始在厨房里缓慢地移动着，她希望能以这种方式尽可能地拖延时间，等到有大人进来，那时，这可怕的一切就将只是一场虚惊，只是又一个玩笑。

她跪着向门相反的方向一点一点地挪动着，直到抵达厨房尽头。从这个角度可以清楚地看见三个恶魔是如何一步步向她逼近的。

*“我们看到你了，我们知道你在哪儿。”*上方传来他们的窃窃私语声。

女孩像一只毫无抵抗力的动物蜷缩在离厨房门最远的角落，就在炉灶旁边。

“我们只是想给你喝点儿汤，你吃得太快了，可能还饿着呢吧？”

女孩坐在地上，抱紧双腿，开始后悔她的决定，至少那种羞辱她也早已习以为常，而现在，她不知道等待她的会是什么。

过了好一会儿，厨房里一片安静。

有一瞬间女孩还以为恶魔们可能看到有人来了决定离开。

就在这时突然传来一声大喊。

*“你在这儿啊！”*其中一个大叫道，另外两个又发出咯咯咯的笑声。

对于接下来发生的事儿，大家都众说纷纭，各执一词，尽管在场的人这辈子都无法将它忘掉。恶魔们只是轻描淡写地说这只是个玩笑，而女孩则找不到任何言语来描述所发生的事情。

“你在这儿啊！”

听到这声叫喊后，女孩本能地突然站起身来，想要逃离此处，向出口跑去。

当她这么做时却没有注意到在她上方，有一只胳膊从砧板上方伸出，手上端着一口烧着热油将要为第二天饭菜做准备的大锅。

她一起身，背部就撞在了那条胳膊上，大锅因为突如其来的撞击向一侧倾斜，从手中向外滑出，而女孩在受到碰撞后又本能地弯下了腰。

从那一刻起，事态变得一发而不可收拾。大锅缓缓地、不可逆转地重重掉在了她的身上，锅里一部分热油也浇到了她的背上。

先是浇落在她漂亮的新裙子上，可是连一秒钟都不到的工夫，被高温烧化的布料连同热油像文身一样牢牢地粘连在她背部的皮肤上。女孩尖叫着，她这辈子都没像现在这么叫喊过，然后因为疼痛昏厥过去，摔倒在地。

这声尖叫向外扩散而去，穿透了恶魔的身躯，传遍学校每一个角落，传遍每条街道，整个城市以及全世界……这声尖叫，随着时间，唤醒了成千上万的意识。

恶魔们目睹了眼前发生的一切，四散而逃，留下女孩儿一个人满身疮痍地躺在地上。

♦ ♦ ♦

*“我就是这样诞生的。”*龙在女人耳畔轻声低语道，而她也因为回忆引起的万千思绪百感交集而无法入眠。

她哭了。

紧紧闭上眼睛，任凭眼泪夺眶而出。

接着她深吸一口气，将头埋在了枕头里，知道只要像这样集中注意屏住呼吸，痛苦自然会慢慢消散……至少能换来片刻的安宁。

十秒，二十秒，三十秒，四十秒……

她猛地抬起头，大口张嘴呼吸。

今天就连这个办法也失灵了。她又哭了。

她感觉自己是这么渺小，这么无能为力……迷失在一个她也无法理解的世界中。

她想到了那个男孩，想到了所有那些本应享受生活，却希望生命终结的孩子。

*“这要到什么时候？”*她问龙。

这要到什么时候？到什么时候？到什么时候呢？……

“*或许一直要等到人开始成为人时。*”龙一边说着一边用它巨大的翅膀环绕着她的身体。

她感觉到背上打了个寒战，慢慢平静下来。

即便如此，她还是不住地回想起那天发生的每一件事情：快速吃饭，躲避恶魔，跑进厨房，蜷缩在地……突然，她感到皮肤向内紧缩。随之而来的除了疼痛，还是疼痛……钻心的痛使她失去了知觉。

她再次放声痛哭。

把头埋在枕头里。十秒，二十秒，三十秒……然后再次呼吸。

她平静了下来……

他们俩都知道等待他们的将是一个漫漫长夜。

“*但愿那时你就像现在这样在我身边。*”女人含泪跟龙说道。

“*但愿你从来都不用认识我。*”龙回答说。

献给所有那些无论任何年龄
都曾感觉不到自己存在的人。
献给你们，也献给我们。

永远，永远，永远也不要放弃去寻找
深爱着你们的露娜，
以及守护着你们的龙。

出 品 人：许　永
出版统筹：海　云
责任编辑：许宗华
特邀编辑：何青泓
封面设计：墨　非
印制总监：蒋　波
发行总监：田峰峥

发　　行：北京创美汇品图书有限公司
发行热线：010-59799930
投稿信箱：cmsdbj@163.com

官方微博

微信公众号